약속을
약속합니다

약속을 약속합니다

발행일   2025년 2월 17일

지은이   안동윤
펴낸이   손형국
펴낸곳   (주)북랩
편집인   선일영   편집   김현아, 배진용, 김다빈, 김부경
디자인   이현수, 김민하, 임진형, 안유경, 한수희   제작   박기성, 구성우, 이창영, 배상진
마케팅   김회란, 박진관
출판등록   2004. 12. 1(제2012-000051호)
주소   서울특별시 금천구 가산디지털 1로 168, 우림라이온스밸리 B동 B111호., B113~115호
홈페이지   www.book.co.kr
전화번호   (02)2026-5777   팩스   (02)3159-9637

ISBN   979-11-7224-480-4 03810 (종이책)   979-11-7224-481-1 05810 (전자책)

(주)북랩 성공출판의 파트너
북랩 홈페이지와 패밀리 사이트에서 다양한 출판 솔루션을 만나 보세요!
홈페이지 book.co.kr   •   블로그 blog.naver.com/essaybook   •   출판문의 text@book.co.kr

작가 연락처 문의 ▶ ask.book.co.kr
작가 연락처는 개인정보이므로 북랩에서 알려드릴 수 없습니다.

평범한 사람의 인생을 바꾸는
책쓰기의 기술

약속을
약속합니다

안동윤 지음

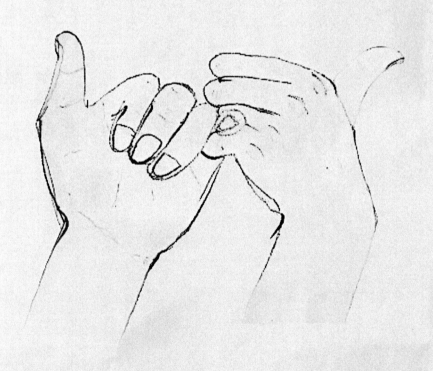

 북랩

많은 사람이 저에게 묻습니다. 책을 어떻게 내셨습니까?

누구나 세상에 태어나 한 번쯤 꼭 해보고 싶은 것이 있을 것이고 그것이 취미든 놀이든 무언가를 꼭 해 보길 원한다. 그것을 요사이는 버킷 리스트라고 한다. 버킷 리스트란 죽기 전에 꼭 한 번쯤은 해 보고 싶은 것들을 정리한 목록을 의미한다. 국립국어원에서는 이를 '소망 목록'이라는 순화어로 제시하고 있다. 자신이 살아가면서 꼭 해 보고 싶은 일들이다.

이를 통해 삶의 목표와 의미를 찾고, 새로운 경험을 할 수 있다. 버킷 리스트는 개인마다 다양한 내용으로 구성될 수 있으며 그러기 위하여 자신의 관심사와 꿈을 명확히 할 수 있고 이를 통해 삶의 방향성을 설정할 수 있다.

또한 목표를 달성하기 위해 노력하게 되며, 이는 삶에 대한 동기 부여로 이어지고 작성하는 과정에서 자신을 돌아보고 성찰할 수 있으며, 이를 통해 새로운 경험을 하고 자아실현을 이루면 삶의 질이 향상

5

될 수가 있다.

그 한 가지 중에 책을 출간하기를 간절히 원하는 분들이 많이 있는 것을 보고 듣고 했다. 막상 시작을 하려고 해도 엄두가 나지 않는다는 것이다.

그래서 오늘은 왕초보가 초보자의 입장에서 제가 느끼고 경험한 모든 일들을 쉬우면서 재미있고 간결하게 설명을 드리려고 합니다. 주저하고 망설이며 간절히 원하는 분들께 망망한 바다의 등대 같은 역할이 되기를 또 사막에서 오아시스를 찾아 주는 안내자가 되기를 바라는 마음에서 이 글을 드립니다.

저는 사실 조선왕조가 멸망하고 만주 독립군 운동이 시작된 1910년부터 1919년 4월 상해 임시정부를 거쳐 국회가 헌법을 제정해 7월 17일에 공포하고 초대 이승만 대통령을 선출해 행정부를 구성하고 1948년 8월 15일을 우리 대한민국 정부 수립으로 보고 그때를 우리나라 현대사의 출발 시기로 해서 오늘날까지 역사 뒤에 숨어 있는 사실을 찾아내어 재미있고 흥미롭게 발표하려고 글을 쓰기 시작했습니다.

해방둥이로 태어나 지금 우리 나이로 팔순을 눈앞에 두고 있는 촌로(村老)입니다. 컴도 독수리입니다. 국문학자도 아니고 신학 철학도 전공하지 않았고 소설가나 시인도 아닙니다. 미루고 주저하고 머뭇거리고 망설이다가 이번에 출간한 『아빠의 아버지』가 분에 겨운 찬사를 받고 여러분께 용기도 드리고 동기 부여가 되는 초석이 되고자 하는 바람에서 이 글을 남깁니다.

사람들은 이야기합니다.

책을 내셨군요. 축하합니다.
저도 책을 내려고 했습니다.

'했습니다'는 이미 과거시제입니다. 이제 마음을 한번 바꿔서 '생각하고 있습니다'라는 현재 진행형 시제로 이야기해 보세요. 나도 책을 내고 싶다는 분께 말씀드립니다. 시작이 반이라는 이야기가 있지요. 그 말이 맞아요.

갈까, 말까.
할까, 말까.
쓸까, 말까.

망설이지 마시고 일단 저질러 보세요. 시작이 있으면 끝이 있습니다.

인생은 생각할 수 있을 때까지가 인생입니다. 도전해 보세요. 두려워 마세요. 남의 눈치 보지 마세요. 누구나 할 수 있습니다. 제가 여러분과 함께 이야기하며 경청하고 도와주며 목적지까지 함께 도착할 것입니다.

책 낸다는 것 대단한 줄 아는데 뭐 그까짓것 하는 사람도 있을 것이고, 별것 아닌 것 같기도 하지만 별것인 것도 같고 하여튼 일단 시작해 봅시다.

먼저 머릿속에 맴도는 생각들을 끌어내면 말이 되고 글이 되고 그것을 엮으면 책이고 매일 쓰는 일기도 묶으면 책이 되지만 부엌 아궁이에 들어가면 불쏘시개가 됩니다. 살아가는 순간 자체가 삶이고 말도 글도 생각도 이야기도 모아 모아 꿰매면 한 권의 책이 됩니다.

나만의 생각, 나만의 시간, 나만이 가질 수 있는 특권, 표현의 자유가 있는 나라에 사는 우리는 얼마나 행복한 사람입니까? 북한에는 표현의 자유도 없을 뿐 아니라 시를 쓰려고 해도 김정은의 허락이 있어야 한답니다. 우리는 상사의 지시나 누구의 강요도 아니고 숙제나 과제도 받지 않고 평소 살아온 주위의 이야기나 내 마음을 하얀 백지에 적어 보는 겁니다. 한 장, 두 장 채워질 때 느끼는 기쁨, 완성에서 오는 가슴 뿌듯한 성취감은 경험해 보지 않은 사람은 느낄 수 없습니다.

여기에서 한 말씀 드립니다.

무명(無名)의 팔순 작가가 겁도 없이 셀프 등단하여 픽션과 논픽션의
경계를 왔다 갔다 허물며 출판계의 이단아로 시중에 작은 회오리바람
을 일으킨 본인입니다. 이곳은 완전 초짜들이 모여 서로 의지하고 격
려하며 미완성이 완성이 되는 그날까지 함께하는 공간이니 혹시 이
자리에 고딩이 계시면 여러분께서는 책을 덮어 두고 커피나 한잔하심
이 어떨까 조심스럽게 권유해 드립니다.

- 浩然 / 安東允 -

◎ 목차

약속을
약속합니다

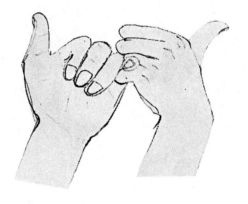

제가 『아빠의 아버지를』를 쓴 동기는

사실 요즘 영화를 보거나 읽는 책들이 재미없고 지루하기도 하고 어떻게 하면 즐겁게 쓰고, 읽는 분들께서도 재미있고 기분 좋게 읽을까. 그래, 한번 최대한 쉽고 쉽게 공감 가는 이야기로 쓰는 사람이 아니라 읽는 사람 입장에서 만들어 보자. 읽고 나서도 한참 동안 머릿속에 삼삼하게 기억되고 다음 편을 고대하게 만들어 보자는 취지로 만든 것인데 의외로 호응이 좋았습니다.

그래서 용기를 얻어 이번 『약속을 약속합니다』를 출판하게 된 것입니다.

언제 시작할까요?

평범한 사람이 내 이름으로 책 출간하기는 지금이 가장 좋을 때입니다. 일단 출발하세요. 딱 한 줄이라도 시작이 중요합니다. 시작이 반이라는 말도 있습니다. 일단 질러 보세요.

준비물은 무엇이 필요합니까?

요즈음은 원고지가 아니고 메모지와 볼펜과 노트북과 휴대폰만 있으면 됩니다. 평소 써 놓은 일기나 메모도 찾아 주시고 시간 날 때마다 생각이 달아나기 전 노트북 앞에 앉아 그날 메모와 생각들을 담아보세요. 원고지보다는 노트북은 수시로 편집하고 수정할 수 있기 때문에 편리합니다.

분량은 얼마가 좋을까요?

요즈음 구독자는 긴 글을 싫어합니다.

책의 위기는 보편적인 현상입니다. 요즈음 사람들 중 지루했으면 지루했지 책은 죽어라 안 읽는 분들이 많습니다. 어릴 적부터 독서의 습관이 되어야 하는데 게임에 시간을 뺏기는 게 안타깝습니다. 책 속에 길이 있기보다 유튜브에 즐거움이 있다고 생각하는 사람이 많습니다.

유튜브를 비롯한 동영상이 활자를, 책을 죽였다는 진단이 있습니다. 사람들은 틱톡이나 인스타를 많이 봅니다. 그냥 30초짜리 숏폼이나 릴스에 어떤 사람은 제목만 보고 맙니다. 역설적이게도 인류는 역사상 그 어느 때보다 많은 양의 활자를 생산하고 있으며, 소셜 미디어

속 단문들은 물론 책 자체가 넘쳐납니다. 어렵다 생각 마시고 쉽고 간결하고 재미있게 쓰도록 노력하세요. 우리는 전문가가 아닌 아마추어입니다.

어떤 목적으로 글을 쓰나요?

자유를 얻기 위해서 책을 씁니다. 첫째로 결정해야 할 것은 이 책을 그냥 소장하며 우리 가족만 볼 거냐, 대중에게 판매할 거냐를 정해야 하는데, 뭐 이것 우리 가족만 보지 했다가도 쓰다 보면 욕심이 생겨 정식 출간을 원하시는 분이 대다수입니다.

책을 쓰는 동기도 다양합니다.

특정 분야 전문 지식을 가지고 있는 사람은 이를 다른 사람들과 공유하고자 책을 쓰며 자신의 전문성을 인정받고 싶은 욕구에서 비롯됩니다. 작가는 이야기를 만들고, 자신의 생각을 표현하고자 하는 강한 욕구와 소설, 시, 에세이 등 다양한 장르에서 창작의 즐거움과 개인적인 경험이나 감정을 기록하고 표현하기 위해 책을 쓰며 자아 탐색의 감정적 연결을 추구하기도 합니다.

일부는 책을 통해 수익을 창출하고 베스트셀러가 될 경우, 상당한 경제적 보상을 받을 수 있기 때문에 중요한 계기가 됩니다. 자신의 생각이나 경험을 후세에 남기고자 하는 마음에서 책을 쓰는 경우는 가치관에 따라 다양한 동기가 될 수 있고 자기의 이야기를 담고 있는 이유가 다르기 때문에, 책을 읽는 독자에게는 흥미로운 탐구의 대상이 될 수 있습니다.

내용은 무엇을 담아야 하나요?

특별하게 정한 건 없어요. 자기의 평소 생각이나 지금 하고 있는 것, 앞으로 계획 같은 것도 좋고 등산, 음식, 바둑, 육아, 일기, 기도, 각종 취미, 동호회, 가족 이야기, 친구 모임에 있었던 일 등 모든 것이 소재가 될 수 있고 건강이나 음식 레시피의 좋은 정보도 소개할 수 있고 음악회나 작품 감상, 어떤 책의 서평도 서술할 수 있지요. 내가 경험한 나의 이야기 자서전(自敍傳)도 좋은 자료입니다.

유튜브나 카톡, 배민, 쿠팡은 우리 국민 생활 속에 깊숙이 자리 잡고 있습니다. 유튜브에는 프리미엄 회원이 있고 쿠팡은 월 회비가 있습니다. 회원에 가입하면 광고도 없고 세계 각국 음악 영화 등을 무료로 받아 볼 수 있습니다. 알고 계신 분들도 상당히 많이 계시겠지만 이런 것들도 처음 듣는 분에게는 좋은 정보가 되어 도움이 될 수 있습니다. 정보나 체험도 에세이라는 장르에 포함될 수 있습니다. 에세이는 내용이 짧다 보니 한 편이면 에세이지만 모이면 에세이집이라는 책으로 불립니다.

어떤 사람이 쓰나요?

책을 아무나 쓸 순 없지만, 그러나 지금도 누군가는 어디엔가에서는 쓰고 있습니다. 말하고 생각하는 모든 사람은 누구나 시인이고 작가입니다.

물론 감각과 센스는 있어야 하지 않을까요? 나는 처음이라 쓸 것도 없고 이야기할 것이 없는데요, 아닙니다. 일기(日記)가 詩고 에세이입니다. 이야기를 옮기면 책이 됩니다. 당신이 주부라도 댁에 계시면서 아침부터 저녁까지 자녀와의 대화, 주방일, 빨래, 청소, 친구와 전화한 것, 퇴근 후 남편과의 일상생활만 적어서도 20 페이지 분량은 넉넉히 채울 수 있습니다. 그것을 오늘도 내일도 모으면 책이 됩니다.

남이 볼 텐데 잘 써야지 하는 강박관념(强迫觀念)에서 벗어나세요. 재미가 없든지 읽는 분의 성향에 맞지 않으면 그분이 먼저 책 읽기를 중단할 테니 염려 안 하셔도 됩니다. 당신은 아마추어입니다. 신출내기와 초보는 세상이 배려해 줍니다. 그 정도 배짱이 없으시다면 시작하지 마세요.

길은 다녀야 익숙해집니다. 없던 길도 내가 다니면 길이 됩니다. 초보 운전으로 처음 가는 길은 두렵고 떨리겠지요. 누구나 그런 과정을 겪는답니다. 글쓰기를 통해 나와 내 삶을 변화시켜 보세요.

저의 경우요?

저는 샤워할 때 양치질할 때 특히 응가 할 때 잠자면서 생각이 많이 납니다. 그래서 침대 곁 머리맡에 욕실에 자동차 안에 항상 메모지와 볼펜은 꼭 준비하고 있습니다.

출판이 어렵다고 하는데 그 나이에 어떻게 했냐고요?

저는 출간한 출판사 위치도 모르고 직원도 찾아간 적도 만난 적도 없이 그냥 인터넷 비대면으로 100% 출간하였습니다. 그래서 제 자신이 대단하다고 저에게 박수를 보냅니다.

저 같은 사람도 했는데 여러분은 얼마든지 할 수 있으며 출판사 직원들이 얼마나 친절하신지 my page에서 즉시 응대해 주시고 출판비도 생각밖에 아주 저렴합니다. 계약할 때 30% 계약금 나머지는 인쇄할 때 지불하고 또 도서비를 얼마로 정할까 저자(著者)와 상의하고 거기다가 책 팔릴 때마다 인세 준다고 통장번호 받아 가고, 일단은 기분 좋잖아요.

지금부터 구체적인 이야기를 시작할까 합니다.

일단은 제목부터 결정하세요

정식 제목이 아니라도 가제(假題)를 정해 놓으면 다음에 언제라도 바꿀 수 있고 그러다 보면 내용에 따라 제목이 자연스럽게 바뀌는 걸 자신도 알게 됩니다.

왜 제목을 정해 놓고 시작해야 하느냐 하면 목적지를 정하는 겁니다. 그러면 내용이 제목을 따라오거나 제목이 내용을 끌고 갈 수 있습니다. 제목이 내용을 알려주는 사인보드입니다.

이번 출간 서적은 형식에 얽매이지 않고 듣고 본 것 체험한 것을 에세이 산문 형식으로 기술하였는데 어떤 사람은 거기에 에피소드(Episode)나 詩가 들어 갈 수가 있느냐고 하면서 그렇게 하면 잡탕이 된다고 꾸짖는 분도 계셨는데 이건 작가(作家)의 특권입니다.

가수가 한 가지 노래만 가지고 노래합니까?

이곳에서 공연한 것을 저곳에서도 부를 수 있습니다. 다른 분들이 쓰신 좋은 글도 옮겨 올 수 있고 이전 책에서 발표했다 하더라도 독자 여러분이 좋았다 다시 기억하고 싶다면 그중 일부를 옮겨 올 수 있지요. 이 책에서는 딱딱한 책 이야기만 하는 게 아니라 지루하지 않게 詩, 에세이, 유머, 에피소드 등으로 편집하였습니다. 여기 계신 분 중 『아빠의 아버지』를 안 보셨다고 생각하고 앙코르 받은 몇 가지 에피소드(Episode)와 詩를 약간 수정 편집하여 이야기를 이어 가도록 하겠습니다.

에세이는 소설과 어떻게 구분하나요?

소설과 에세이는 문학 장르 내에서 서로 다른 특징을 가지고 있고 소설과 에세이의 차이점을 살펴 보겠습니다. 소설은 작가의 상상력을 바탕으로 한 허구적 이야기이고 에세이는 작가의 견문, 체험, 의견, 감상 등 사실적 내용을 다르고 있습니다.

소설은 서사적 구조와 긴 분량의 문장을 사용하며 에세이는 자유로운 문장 구조와 상대적으로 짧은 분량의 문장을 사용합니다. 소설은 등장인물과 사건을 통한 주제를 간접적으로 전달하며, 에세이는 작가의 직접적인 의견과 감상을 통해 주제를 전달합니다.

작가에 따라서 소설과 에세이의 특징을 혼합하여 사용하기도 합니다. 예를 들어 에세이에 소설적 요소를 가미하거나, 소설에 에세이적 요소를 포함시키는 경우도 있지요. 이는 작가의 창의적 표현 방식을 보여주는 좋은 예라고 할 수 있습니다.

오늘은 에세이를 중심으로 이야기하겠습니다

수필(Essay)은 다음과 같은 특징을 가지고 있습니다. 자유로운 형식의 산문 글쓰기 장르이고 개인적인 경험, 생각, 감정 등을 자유롭게 표현하는 문학 작품입니다. 특징은 주제가 다양하며, 일상적인 경험부터 사회적, 철학적 주제까지 다룰 수 있고 쓰는 사람의 개성과 독특한 관점 가벼운 에세이부터 심도 있는 다양한 스타일이 존재합니다. 독자에게 감동, 위로, 메시지를 전달할 수 있습니다.

일기를 안 써 본 사람은 있어도 한 번만 쓰는 사람은 없습니다.

일기와 에세이의 경계는 일기는 나만 보는 글이라 문맥이 필요 없고 수필은 남이 읽는 글이라 문맥이 있고 자신만의 문체가 필요하고 반드시 소제를 메모해야 하고 모호해도 상관이 없습니다. 일기는 생각나는 것을 나를 중심으로 순서대로 쓰는 것이고 에세이는 독자 중심(읽는 사람)이고 일기는 나의 관심사, 세상의 이슈와 나만 보는 내 이야기,

수필은 내가 없어도 되는 이야기 글감이 좋아야 좋은 글이 나옵니다. 맛있는 글, 맛을 풍겨 내기 위하여 신선하고 좋은 재료와 레시피가 필요한 것입니다.

에세이는 키워드 중심의 글쓰기, 개인적 경험 활용, 자유로운 형식, 소설이나 시와 달리 엄격한 형식적 제약이 없어 자유로운 표현이 가능합니다. 아름다운 수필과 시(詩)를 내가 쓰고도 읽어보면 영혼이 맑아지고 그 시(詩)에 곡(曲)을 입히면 향기로운 음악이 됩니다.

봄은 왔는데

먹고 자고
먹고 자고
먹고 자고

자고 먹고
놀고 먹고
쉬고 먹고

그래,
또 하루가 가는구나.

여기에 콩트도 끼울 수 있습니다

콩트의 정의는 매우 짧은 소설 형태의 문학 장르이며 주로 유머, 풍자, 기지를 다루며, 단편 소설보다 더 짧은 길이로 한국어로는 '꽁트' 또는 '콩트'라고 불리며, 영어로는 'Conte'라고 합니다. 꽁트의 특징은 단편 소설보다 더 짧은 분량으로 구성되고 유머러스하고 풍자적인 내용을 담고 있습니다. 특히 코미디 프로그램에서 꽁트가 자주 사용됩니다. 문학 작품뿐 아니라 일상 대화에서도 활용되는 재미있는 장르라고 할 수 있습니다.

지구상에 인구가 대략 80억 명이 살고 있습니다. 詩의 역사(歷史)가 창세로부터 수없는 세월이 흘렀고 시편(詩篇)을 시작으로 세계 이곳저곳에서 어제도 오늘도 詩와 음악(音樂)이 만들어지고 불려지는데 비슷한 내용은 있지만 같은 곡이나 시가 중복되지 않는다는 것이 저는 신기합니다. 단어가 아무리 많고 끝없는 형용사가 있다고 한들 한정된 단어로 구사하고 있고 물리학이나 수학의 공식은 그렇다 치고라도 인간들의 아름다운 마음의 표현들이 놀랍기만 합니다.

작가님께서는 어떤 생각을 옮겨 오셨나요?

평소 하던 편지, 메모, 일기, 기도, 좋은 생각, 미운 생각, 여행 이야기, 애완견과 놀기, 등산 가서 동호회 친구에게 사기당한 이야기, 자녀와 속상했던 일, 남편 바람피우고 술 마시는 것 등 모든 게 소재가 아닌 것이 없습니다. 잘 쓰려고 하지 마세요. 날이 가고 시간이 갈수록 다듬고 손 보면 어느덧 한 권의 멋진 작품이 완성될 수 있습니다.

제가 출간한 『아빠의 아버지』 책에서는 황폐한 6·25 후의 현실과 피란 생활, 내 어릴 적 유치원 사진 한 장, 동네 친구들과 깡통 차기, 여학생 고무줄 끊고 놀기, 천장에서 벼룩 빈대 내려오고 여름에 모기 물렸던 것, 놀기만 하고 공부 안 한 것, 군대 쫄짜로 하고 온 것, 마누라하고 부부 싸움 한 것, 가끔 정치인 욕 좀 하고 친구 흉도 보고, 자식들 사는 이야기, 여행도 하였고, 학창 시절 농땡이 치고 컨닝한 것, 신앙생활 하고 자녀에게 잔소리한 것, 부모님께 못해 드린 것 회계하고 등 150개의 소제목과 그렇게 모인 것 410페이지가 모여 한 권의 책을 완성하게 되었습니다.

제 자신도 분량이 그렇게 많을 거란 상상도 못 했습니다. 부록에는 글로 못다 한 이야기를 QR 코드 영상으로 편집하였더니 새롭고 신선한 발상이라고 박수 많이 받았습니다.

한때 교보문고에는 절품이 되었고 페이스북과 쿠팡에서는 '좋아요'를 26,126회도 받았습니다. 처음 출판사에서 책을 완성하였다고 하여 네이버 검색창에『아빠의 아버지』를 치니 교보문고를 위시하여 판매처 65개가 소개되고 책 소개와 출판사 서평을 보고 그간의 수고와 힘든 시간이 눈 녹 듯하였고 가슴이 둥둥거렸습니다. 예를 들어 교보문고를 방문했는데 매대 앞에 중년 부인이 내 책을 들고 있을 때나 서울 다녀오는 ktx에서 내 앞좌석의 중년 부인이 내 책을 읽고 있다고 상상해 보자. 꿈같은 이야기지만 가정은 언젠간 현실이 될 수 있다.

농사하는 사람은 농부, 고기 잡는 분은 어부, 정치가 법률가이지만, 책 한 권 쓰고 작가란 칭호를 듣고 보니 그 기분 또한 최고입니다. 사람들은 이런 이야기를 더 쉽게 받아들이고 이해하면서 동시에 사람 사이에 정신적인 교감까지 느끼며 오감을 만족시켜 줄 스토리텔링을 원합니다. 물론 출간 후의 감정은 첫째 딸을 출가시킨 아빠의 마음이었고, 못다 쓴 미련 때문에 허전하였지만 완성된 책을 손에 넣는 순간 그런저런 생각들은 저를 더욱 흥분하게 하였습니다.

책 출간 후의 유통 과정은 내가 출간한 책을 출판사는 국회도서관과 국립 중앙도서관에 납본해야 합니다. 또 ISBN이라는 국제표준도서, 다시 말하면 책의 주민번호 같은 것이며 전 세계 출판되는 각 도서에 부여되는 고유 번호를 부여받게 됩니다.

당신이 누구인지 책으로 증명하십시오. 책은 나를 소개하는 가장 고급스러운 명함입니다.

솔직히 말해서 저나 여러분이나 인생 태어나서 족적은 남기지 못하더라도 흔적은 찍어두고 가야 할 것 아닙니까. 내가 출간한 책이 국회도서관에 국립 중앙도서관에 소장 되어 있다는 게 멋진 인생 아니겠습니까.

사회학자인 조영근 씨는 얼마 전 책을 내어 저자가 되었답니다. 글쓰기가 일상인데도 저자가 되는 건 드물고 귀한 경험이라며 내 이름으로 단 한 권의 책이 세상에 탄생하는 것이라며 저자에 책을 내보낸 심경은 노심초사 조마조마 각별하고 내 책이 특별한 만큼이나 세상이 특별한 책들로 충만하다는 걸 새삼 깨닫게 되었고 다른 저자들도 얼마나 특별한 존재일지 생각하다 보면 찔끔 눈물이 날 것만 같았다고 회고하였습니다. 그리고 세계 저자연대 같은 조직이라도 만들어야 할 것 같다면서 밤하늘의 별처럼 무수한 책, 하지만 그 찬란한 책 대부분은 곧 망각되며 책에 대해, 글쓰기에 대해 생각하는 시간이 많아지는 요즘이라고 하였습니다. 사실 신문이나 방송에 나오는 분들도 자기 이름의 책을 출간하기가 쉽지만은 않습니다. 지금 여러분께서 자기 이름의 책을 낸다는 것이 얼마나 대단한 것인지 다시 한번 깨닫게 되실 겁니다.

여기서 성경 구절을 한 구절 나누고 싶습니다.

마가복음 9:23절 말씀에 "예수께서 이르시되 할 수 있거든이 무슨 말이냐 믿는 자에게는 능치 못할 일이 없느니라 하시니"라는 말이 있습니다. 그렇습니다. 자신의 의지를 믿고 시작하면 반드시 성취하실 수 있습니다.

책은 어떻게 쓸까요

그냥 쓰는 겁니다.

마음 가는 대로 생각나는 대로 쓰는 겁니다. 화장실에서 샤워하면서 꿈속에서 생각하고, 걸으며 생각하고, 생각하며 걷고, 또 생각하고? 생각한 생각들을 주워 모아 책이 만들어지는 것입니다. 말이 쉽지 그렇게 되지 않는다고요? 그것은 시작도 안 하신 분이 하시는 말씀입니다.

생각이 정리되지 않으면 글로 쓸 수 없습니다.

좋은 글을 쓰려면 좋은 마음을 가져야 합니다. 말을 재미있게 하는 훈련도 해 보시고 독서도 많이 하고 강연도 듣고 영화도 많이 많이 보시고 생각이 빈곤에 처할 수 없도록 생각하고 고민하면 할수록 샘솟듯 합니다. 마중물로 물길을 만들어 줘야 지하수를 많이 끌어올릴 수 있듯이 세상의 모든 이치는 inout입니다. input이 되어야 output이 됩니다. 그것도 많이 들어가야 나올 때도 넘쳐나는 겁니다.

성경에서도 이야기합니다. 심지 않는 데서 거두기를 바라는 어리석은 이야기를 합니다. '많이 생각하는 것보다 중요한 것은 깊이 생각하는 것이다. 깊이 생각하는 것보다 중요한 것은 바르게 생각하는 것이다.' 다시 말하면 생각의 내용과 방향이 더 중요하다는 말입니다.

너무 잘 쓰려고 하시면 강박 관념에 잡힐 수 있어요. 세상에 완전은 없습니다. 일본 사람들은 하라하찌부(腹八分:はらはちぶ)란 말을 잘 씁니다. 배를 8부만 채우라는 이야기입니다. 철학자 헤겔은 '완전한 불완전'이 되는 것을 언급했습니다. 모든 것이 완전할 수는 없으며, 완전함과 불완전함이 서로 연결되어 있다고 주장했습니다. 완전함과 불완전함은 상대적인 개념이며, 서로 보완적인 관계에 있습니다.

'내가 하고 싶은 말'을 쓰고 싶은지 '남이 듣고 싶은 얘기'를 쓰고 싶은지에 대한 구분을 하고 글을 잘 쓰는 데 필요한 자질은 쓰기가 아닌 듣기와 읽기에 있습니다.

- [백영옥의 말과 글 352] 중

우리는 출판 기념회를 하는 정치인도 아니고 자아 도출을 통해 자신의 잠재력을 발견하고 실현하여 개인의 성장과 발전을 하기 위해 글을 쓰는 사람들입니다. 한동안 장안의 화제가 되었던 『서울 자가에 살면서 대기업 다니는 김부장』 책이 1권 55쇄라는 출판 기록을 세웠습니다. 내용은 극히 단조롭고 내가 현재 살고 있는 가정과 직장 생활 등을 잘 정리한 내 주위에서 일어나는 일들을 솔직하게 표현한 것이 그 이야기가 나의 이야기라 사람들로부터 공감을 얻은 것 같습니다.

옛말에 '어느 구름에서 비가 올 줄 모른다'는 이야기가 있습니다. 여러분 중에 누군가가 이렇게 되기를 바랍니다. 글쓰기가 어려운 것은 많은 분들이 겪는 문제입니다. 특히 다른 분들에게 공개된다는 것이 마음이 쓰이게 됩니다. 그렇지만 다음과 같은 방법을 통해 쉽고 재미있게 글을 쓸 수 있습니다.

자신의 관심사나 전문 분야에서 독자들이 흥미를 가질 만한 주제를 선정하시고 이론 강의보다는 실습과 코칭을 통해 직접 쓰고 피드백을 받는 것이 중요합니다. 브런치와 같은 플랫폼에서 연재를 하면 지속적인 동기부여가 되고 많은 분들과 소통할 수 있으며 독자의 흥미를 끌 수 있는 다양한 표현 기법을 활용해보고 경험이나 감정을 적절히 표현하면 글의 생동감이 살아납니다.

글쓰기는 단순히 정보를 전달하는 것뿐 아니라 창의성을 발휘할 수 있는 영역이며, 새로운 관점이나 아이디어를 제시하여 기존의 틀을 벗어나 독특한 방식으로 글을 구성해 보는 것도 좋습니다. 주제를 선정하여 체계적인 연습, 재미있는 기법 활용 등을 통해 여러분의 글쓰기 실력이 날로 달로 발전할 수 있다고 생각합니다. 용빼는 재주 없습니다. 무조건 읽고 쓰고 하세요. 뒤돌아보면 언젠간 일취월장(日就月將)한 자신의 모습을 보게 될 것입니다. 지금부터 마라톤을 시작한다고 생각하고 운동화 끈을 매세요. 시력(詩歷)도 붙으면 잘 달릴 수 있습니다. 주제(主題)도 중요하지만 독자의 타깃 포인트(Taget Point)도 중요합니다.

여기서 책 한 권을 소개하겠습니다

서울대학교 공과대학 금속공학과를 졸업하고 KAIST에서 석박사 학위를 받으신 황농문 교수의 『몰입- 인생을 바꾸는 자기 혁명』이라는 책을 저는 2번이나 정독하였습니다. 이 책은 우리 부모들이 자녀들의 인성교육에 순도 100%의 황금빛 삶으로 바꿀 수 있다는 저자의 자신 있는 말 같이 추천하고 싶은 책 중에 한 권입니다. 읽고 끝낼 게 아니라 책 쓰시는 데, 아니 생활 전반에 익히고 반복해야 합니다. 몰입은 집중이고 끊임없는 훈련입니다.

목사님의 설교 중 바보온달과 평강공주의 몰입의 경지를 이야기한 건데 몰입이 가지는 구체적인 표현입니다. 바보온달이 무술 훈련을 할 때 긴 칼을 들고 콩을 눈앞에 두고 다른 생각은 접어 두고 콩만 째려보기를 몇 날 며칠 계속하는데, 3~5일 되니까 몰입 단계의 경지에 들어가 콩알이 수박만 하게 보여 절반으로 잘랐다는 온달 장군의 수련 이야기에서도 볼 수 있듯이 정신일도(精神一到)가 되면 이런 결과를 얻을 수 있습니다.

〈프로는 재능과 노력으로 태어나지만 아마추어는 아무나 될 수 있다〉

감사(感謝)는 사이즈(size)가 아니라 횟수다

예를 들어 저에게 있는 백만 원을 자식에게 한 번에 줄 수도 있고 열 번에 나누어 줄 수도 있지만 한 번에 백만 원을 줄 때 그 순간의 고마움이나 열 번에 나누어 받는 횟수의 고마움은 사이즈의 크고 작음이 아니라 한 번에 주는 것보다 횟수를 열 번 나누어 주는 것이 효과가 더 오래가고 생색나고 효과적이란 겁니다. 부모는 끊임없이 주는 나무면, 자식은 머리 굴려 주는 계산기입니다.

상황극의 현실

#장면1. 영숙이는 올해 장남이 in 서울 대학에 입학하여 기분이 좋습니다. 친구인 현영이 아들은 한국의 명문 S 대학에 입학했단 소릴 들었습니다. 같은 동네 같은 학교 다니면서 언제나 영숙이 아들보다 현영이 아들 성적은 항상 밑이었는데….

#장면2. 미연네는 지하 단칸방을 청산하고 성북동에 있는 25평 아파트에 입주하여 기분이 빵빵 하고 좋았는데 아파트 반상회에서 502동 207호에 사는 민주네가 다음달 강남 45평으로 이사 간다는 소릴 들었습니다.

#장면3. 사장님이 김 계장에게 수고한다며 백만 원을 주었습니다. 같은 과에 있는 입사동기 박 계장과 술을 먹으면서 들었는데 사장님이 박 계장께 이백만 원을 주었다는 겁니다.

#장면4. 큰며느리는 30년 넘게 시부모님을 모시고 시골에서 살고 있습니다. 10년 전 시아버지 돌아가시고 수고했다고 살고 있는 집을 등기해주셔서 고마웠습니다. 그런데 얼마 전 시어머니 돌아가시고 서류 정리하다 보니 서울 강남에 있는 아파트 명의가 시동생 앞으로 등기가 된 겁니다.

순간, 영숙이, 미연네, 김 계장, 큰며느님 '표정은 평상심', 감사는 사라지고 '심기는 불편'.

용심과 질투는 저절로 생기는 게 아니라 샘처럼 솟아 나는 것입니다.

#장면5. 산부인과 대기실에서 "오빠!"라고 부르자 스무 명이 돌아봤다. ㅠㅠㅠ ㅎㅎㅎ ㅋㅋㅋ

- 浩然의 生覺中에서 -

오월을 마중 가자

어디까지 왔니?

사월은 저만치 가고 있는데
너의 모습은 보이지 않는구나

벌들도 아카시아도 기다리는데 그림자도 안 보이네
비라도 함께 오면 좋을 텐데 산천이 너무 목마르다

유월이 저만치서 밤꽃나무 피우고 네가 오길 손짓하다
저 멀리 칠월도 팔월도 그 뒤엔 구월도 기다린단다

우리 모두 뛰쳐나가 박수 치며 두 팔 벌려 오월을 마중하자

유월이 주는 선물

잠시 다녀간 여우비 때문인지 초록잎마다 반짝 세수를 마치고 미소 짓고 있구나

아카시아꽃이 다녀가더니 이내 밤꽃 내음으로 코끝이 시리다 아래 채에 있던 마구간을 큰맘 먹고 수리하여 거실로 사용하고 있다 찬란한 아침엔 태양이, 저녁 하늘엔 별바다가 한쪽 벽의 커다란 통창 유리로 쏟아져 오는 유월이 주는 넉넉한 기분 좋은 선물이다

앞마당엔 건강하고 아름다운 모습으로 서 있는 저마다 예쁜 꽃나무, 한집에 살면서 비 오면 오는 대로 바람 불면 부는 대로 해뜨고 해지고 꽃은 피고 지고 가는 줄만 알았지 큰 관심을 가지지 못해 미안하다 그래도 봄이 올 때마다 시장에서 여러 친구들을 데리고 왔지 나는 너를 분꽃이라고만 알고 있었는데 너의 예명은 '아이리스'라며 그렇게 예쁜 이름을 진작에 알려 주지 옛말에 미인 단명이라고 너는 왔다가 며칠도 안 돼 떠나더라 할미꽃도 데려오려 했는데 할미꽃은 산소 자리 지키고 싶다더라 여름 방학에 막내 손주 외갓집에 오면 너를 소개시켜 줄게

시골 생활에서 오는 무료하고 단조로움 때문에 어제가 오늘 같고 내일 역시 무미건조한 생활만 있을 줄 알았는데 큰손주 녀석이 다녀가고 새로운 활력으로 살아가고 있다 녀석은 어릴 적 우리하고 살아서 그런지 외갓집을 무척 좋아한다 나이도 얼마 안 된 녀석이 우리에게 가르친다 할머니 지금 시골에 계시며 촌사람으로 살지 마시고 일단 환경부터 바꿔 보세요 우선 저기 아래채에 있는 쓰지 않는 마구간을 놀리지 마시고 근사한 공간으로 만들어 보세요.

듣고 보니 그 말이 맞다

그냥 두면 마구간이지만 잘만 고치면 호텔 커피숍 같은 공간에서 생활할 수 있겠구나. 서둘러 인테리어 전문가와 상의하여 앞은 커다란 통창 유리로 바닥은 사각 타일로 천장은 샹들리에 거실 조명으로 오디오는 방에 있던 Mcintosh(매킨토시) C12000 진공관 프리앰프를 옮겨 놓고 이리저리 정리하고 보니 샹그릴라 호텔이 부럽지 않다. 커피도 가루 봉지커피(일명 미아리 커피)에서 드립프식 파나소닉 커피 메이커 NC-A57 기계를 구입했다.

시내에서 40분 거리에 있는 부항면의 오지라고 할 수 있는 대야리에 시골집을 수리하여 제2의 보금자리를 마련하고 '삼도봉 1번지'라 명하고 어김없이 주말이면 찾아오는 곳이다.

하기야 딱히 촌(村)이라고 부르기엔 어울리지 않지만 원래 지명은 천지동(天地洞)이었는데, 나라에서 임금이 살지 않는 곳의 이름을 천지로 하는 것은 있을 수 없다 하여 '하늘 천(天)' 자에서 '한 일(一)'을 빼 '큰 대(大)' 자로 고치고 '땅 지(地)' 자에서 '흙 토(土)' 자를 빼 '어조사 야(也)' 자로 고쳐 대야(大也)라 하였다.

경상 충청 전라(慶尙 忠淸 全羅) 삼도(三道)가 접해 있는 봉오리 해발 1,412m가 바로 뒤에서 받쳐 주고 있는 아랫마을이라 나는 그곳을 '삼도봉 첫 동네'라고 부른다.

시골 생활에서 불편함을 감내하며 얻는 기쁨이다. 우리 부부는 이것을 행복이라고 부른다. 멀리, 멀리, 멀리 보이는 삼도봉 정상엔 구름 바다의 운해가 휘감고 있어 몽환적인 느낌이 든다. 오늘도 커피 한잔 손에 들고 Bruno Mars의 'When I was your man'을 들어 본다.

이별이란 그 끝의 아쉬움은 내가 잘해준 것보다 잘 못한 게 생각나고 이랬으면 저렇게 할 건데 항상 후회스럽지요. 이 노래를 오늘 같은 날 듣고 있으면 흑백 영화의 한 장면 같이 희뿌연 옛 생각에 목이 멘다. 아니, 그리움은 사치다. 창고에 보관해 두고 싶다.

나는 이 노래가 끝날 때는 잊혀지지 않는 희미한 기억 때문에 방 안만 맴돌고 유월의 빈 하늘만 쳐다본다.

생각을 생각하자

글쓰기도 생각이 먼저 출발해야 한다.

'생각을 생각하자'는 메타인지의 개념을 나타내는 표현으로, 자신의 생각이나 사고 과정을 반성하고 분석하는 것을 의미한다. 프랑스의 소설가 폴 브르제는 "생각하는 대로 살지 않으면 사는 대로 생각하게 된다"라고 말했다. 이는 자신이 어떤 방식으로 생각하는지, 어떤 편향이나 오류가 있는지를 인식하고 개선하려는 노력이 필요하다는 뜻이다.

생각과 사고는 종종 비슷한 의미로 사용되지만 약간의 차이가 있는데, 일반적으로 생각은 마음속에서 일어나는 모든 종류의 인지적 활동을 하고, 이는 감정, 기억, 상상, 판단 등을 포함할 수 있으며, 특정한 주제나 문제에 대한 반응으로 나타날 수 있다. 생각은 주관적이며, 개인의 경험과 감정에 따라 다르게 나타날 수 있다.

반면에 사고는 보다 체계적이고 논리적인 과정으로 문제를 해결하거나 결론을 도출하기 위해 정보를 분석하고 평가하는 것을 의미하며, 일반적으로 비판적 사고, 창의적 사고, 논리적 사고 등으로 나눌 수 있으며, 특정한 목표나 목적을 가지고 진행된다.

결론적으로, 생각은 보다 넓은 범위의 인지적 활동을 포함하는 반면, 사고는 특정한 문제를 해결하기 위한 보다 구조화된 과정이라고 할 수 있으며, 생각과 현실 사이의 간극을 줄이기 위해서는 다음과 같은 몇 가지 방법을 고려할 수 있다.

첫째, 구체적이고 실현 가능한 목표를 설정하여 구체적, 측정 가능, 달성 가능, 관련성, 시간 제한을 활용하여 목표를 명확히 한다.

둘째, 목표를 달성하기 위한 구체적인 계획을 세우고, 단계별로 실행 가능한 행동 항목을 나열한다.

셋째, 정기적으로 자신의 생각과 행동을 돌아보며, 어떤 부분에서 간극이 발생하는지 분석하며 이를 통해 개선할 수 있는 부분을 찾을 수 있다.

넷째, 생각만 하지 말고, 실제로 행동에 옮기는 것이 중요하다. 작은 행동부터 시작하여 점차적으로 큰 목표를 향해 나아간다.

말이 그렇지 생각하는 대로 사는 것은 정말 쉽지 않다.

사실 사는 대로 생각만 하는 것도 쉬운 게 아닌데 대부분의 사람들은 그냥 사는 대로 사는 것입니다. 오스카 와일드는 "산다는 것은 세상에서 가장 어려운 일이다. 대부분의 사람들은 그저 연명할 뿐이다."

라고 말한 바 있다.

폴 발레리는 사고의 한계가 결국 자신이 구축해 놓은 습성과 환경을 벗어나지 못한다는 것을 말하고 있으며, 자신의 의도가 아닌 타인의 생각과 의도에 얽매이는 삶을 경계하라는 것이다.

레온 페스팅거의 말처럼 '인간은 합리적인 존재가 아니라 합리화하는 존재'이기 때문에 자신의 생각이 아닌 남의 생각대로 살고 있는 것은 수많은 변명으로 충분히 합리화될 수 있다는 것이다.

주도적으로 살지 못하는 가장 큰 이유는 두려움 때문인데, 두려움이 우리를 밖으로 나가지 못하게 막는다. 해 보지 않은 것들에 겁부터 난다. 지금 가지고 있는 것들을 잃을지도 모른다는 공포는 시도를 무력화시키며 가지고 있는 게 그 두려움은 의욕을 망가뜨리게 된다. 자기 합리화의 결과는 무의욕이며, 결국 무의욕의 이면에는 두려움이 굳게 자리 잡고 있다.

나를 바꾸지 못하는 사람은 다른 사람도 바꿀 수 없다. 자기 혁명을 이루지 못한 자가 사회를 혁명할 수도 없고, 자신의 일조차 주도적으로 처리하지 못하는 사람이 사회의 변혁을 부르짖는 것은 고작 불평불만의 토로에 지나지 않는다. 자신만의 세계관과 확고한 철학이 없다면 다른 이들에 만들어 놓은 세계에서 살아가야 하며, 자신만의 철학은 오랜 주도성의 결과로 견고해지는 것이며, 주체적으로 삶을 살아가는 것은 하루아침에 이루어지지 않는다.

생전에 법정 스님은 "봄이 오기만을 기다려서는 안 됩니다. 당신의 꽃을 먼저 터뜨릴 때 봄이 올 것입니다."라고 말했다.

글을 쓰시는 여러분도 봄을 마냥 기다리기보다 먼저 생각을 마중하여 좋은 결과를 맞이하시길 바란다.

칠월하고도 초순에

삼도봉 골바람에 뼛속까지 시원하다.

방금 산에서 약초 두 뿌리 캐오다가 소나기 흠뻑 맞았다. 작두샘 물에서 찬물 한 바가지 덮어쓰고 나니 시원하다. 비 그친 개부심의 하늘은 맑고 깨끗하다. 점심은 햇감자에 풋고추 통밀가루 넣은 수제비국으로 먹고 삼베 사리마다만 걸쳐 입고 툇마루에 앉아 구석에 처박아 놓은 50년대 축음기를 꺼내어 태엽을 감고 빛바랜 LP판을 올린 재즈는 박자를 놓친 듯 둔탁한 피아노 선율이 소리통을 울릴 때마다 가슴이 둔탁거린다. 언제나 이 시간쯤 동네 밑에서부터 빨간 우체부 오토바이가 힘겹게 언덕을 올라오고 있다. 어제 장날에 사 놓은 수박 한 통 나눠 먹고 동네 이야기나 들어야지. 우체부는 이 동네 저 동네 뉴스원이다.

해발 550m라 한여름에 모기도 없고 초저녁에 군불을 넣고 이불을 덮어야 하는 산골 동네엔 12가구가 살고 있다. 그래도 요즘 시골치고 적은 건 아니다. 한때 탄광이 번창할 땐 한집에 자식 딸린 가구 수만 해도 100가구가 넘었다. 요즈음 이 동네 오는 사람이라야 산불 감시원과 저녁에 들어왔다 자고 가는 마을버스 기사, 관내 우체부 그리고 일주일에 한 번씩 시장 못 가는 할머니들 필요한 물건 주문받아 봉고차에 간단한 생필품 싣고 다니는 이동가게가 들어오고 가끔씩 면사무소에서 직원이나 방문하고 선거 때면 표 구걸하러 국회의원 시장 면의원 정도 얼굴을 내밀고 간다.

마을 주민 중 지난달 할아버지 한 분 돌아가시고 지금은 할머니가 열한 분 계시고 이장 내외와 할아버지 세 분 합해 23분이 이 마을에 살고 계신다. 우리 부부는 주말을 이용하여 하루 이틀씩 머물고 온다. 그래 저래 세월이 꽤 흐르다 보니 동네 주민으로 받아 준다. 시골 오면 텃세가 있다는데 그건 자기 하기 나름이라고 생각한다.

할머니 중 거창댁은 오늘도 일찌감치 아침만 먹고 마을회관으로 출근한다. 오라는 사람은 없지만 거기 가면 마을 할머니들이 전부 모인다. 모두가 한 고집깨나 하시는 할망구들이다. 거창댁과 화투팀은 정해져 있다.

여기서 할머니들을 소개하자면 거창댁 아들은 얼마 전 면사무소 부면장으로 와서 목에 힘이 많이 들어가 있다. 이장이 마을 이야기를 하면 자기 아들에게 부탁하라고 한다. 또 면장댁 손녀는 작년에 병원에서 인턴 과정을 밟고 있고 노실댁의 남편은 6.25 전투에 행방불명되어 국가유공자로 혼자 살고 있다. 유복자 하나를 잘 키워 그 자식은 지금 대기업 상무로 있으며 홀로 계신 어머니를 얼마나 살피는지 지난달에는 시청에서 효자상도 받았다.

여태까지 민화투만 치다가 노실댁이 고스톱을 배워와서 지금은 고스톱 '점백'을 치고 있다. 멤버로는 그중에서도 제일 꼴통인 거창댁과 노실댁, 순자 할머니, 동장댁이 고정이고 가끔씩 교회 김 권사가 들어온다. 매일 같이 치다가도 거창댁은 속아지가 별나다. 자기가 피박을 쓰면 골을 내고 판을 뒤집는다. 화투도 가지고 가서 버리고 온다. 두 번 다시 안 만날 사람들 같아도 이튿날이 되면 또 꾸역꾸역 모여 누가 먼저랄 것 없이 판을 벌인다. 화투가 없을 땐 집배원에게 부탁하여 화투와 은행 가서 100원짜리 동전 바꿔 주기를 부탁한다. 하루 이틀도 아니다 보니 마음 착한 집배원도 화를 내면 동장댁이 슬며시 야구르트를 내민다.

동네 중간에 있는 마을회관은 몇 년 전 지자체에서 신축으로 잘 지어줘 벽걸이 TV에 안마의자 각종 헬스 기구 샤워실, 여름에는 에어컨 겨울에는 보일러에, 분기마다 가스와 쌀을 지원해 주고 얼마 전 동네

47

밑에 들어온 댐으로 인한 보상비도 매년 적지 않게 나오고 도시로 나간 자식들이 올 때마다 손에 바리바리 먹을 걸 가져와서 한마디로 먹는 건 철철 넘친다.

얼마 전 충남 보령에서 점당 200원짜리 고스톱을 친 70대 노인들이 재판에 넘겨져 항소심까지 갔지만 심심풀이와 치매 예방을 위해 고스톱을 친 것으로 보인다고 판결하고 화투판을 벌인 70대 노인들이 항소심에서도 무죄를 선고받았다. 우리나라에 그토록 많은 범죄자는 두고 이런 일들로 재판을 받는다고 하니 정말 법의 잣대가 어디에 있는지 한심하다.

오늘은 보건소 이동 진료가 있는 날이다

이럴 땐 보건소의 치매 검사도 해 주고 강사가 따라와서 노래교실도 열어주고 할머니들은 심심할 시간이 없다. 여름 방학이다 보니 이 집 저 집 손주들 때문에 온 동네 아이들 소리로 시끄럽다. 아이들은 회관의 할머니들께 인사 왔다. 그래도 거창댁은 주머니에서 오천 원을, 다른 할머니는 천 원, 삼천 원씩 손에 쥐여 주었다. 작년에도 왔던 준식이는 내년에 중학에 간단다. 모습도 의젓해졌다.

여름 해도 주섬주섬 기울기 시작한다. 논개구리 소리가 합창을 한다. 뻐꾸기 소리와 어미 잃은 고라니 새끼 소리가 애처롭게 온산을 울린다.

마을버스 박 기사 들어왔으면 동네 이장 불러서 장기나 한판 둬야지.

냉면 집에서

더운 날에는 냉면이 당깁니다

뭘로 하시겠어요?
비냉을 할까 물냉으로 할까?
결정이 왔다리 갔다리 하는데 여러분은 어떠십니까?

어릴 땐
중국집에서 우동과 짜장면이 한참 헷갈렸는데

하늘에서 선물이

비가 옵니다, 아니 오십니다
산천이 메말라 목이 탑니다

천둥이 치고 번개가 번쩍이고 바람이 거세도 반가운 비입니다

자연을 관찰하자

창조주의 작품이 빛나는 아침
이글거리는 아침 태양을 보라

산새들은 합창을 끝내고 떠났다
매일 맞는 시골의 아침이지만

이 순간을 놓친 시인의 마음은
내일의 약속도 기다려 줄까요?

순우리말 바람의 종류입니다

1. 실바람- 초속 0.3~1.5m. 실버들 가지를 가볍게 흔들 정도의 바람.
   지경풍(至輕風).
2. 남실바람- 초속 1.6~3.3m. 나뭇잎이 살랑거리며 해면은 잔물결
   이 뚜렷이 일어남. 경풍.
3. 산들바람- 초속 3.4~5.4m. 깃발이 가볍게 나부끼며, 해면에 흰

물결이 생김. 연풍(軟風).

4. 건들바람- 초속 5.5~7.9m. 먼지가 일고 나무의 잔가지가 움직임. 화풍(和風).

5. 흔들바람- 초속 8.0~10.7m. 작은 나무가 흔들리기 시작하며, 작은 물결이 호수에 생김.

6. 된바람- 초속 10.8~13.8m. 큰 나뭇가지가 흔들리고 큰 물결이 일기 시작함. 웅풍.

7. 센바람- 초속 13.9~17.1m. 큰 나무 전체가 흔들리고 바람을 향해 걷기가 힘듦. 강풍.

8. 큰바람- 초속은 17.2~20.7m. 나무의 잔가지가 꺾이고 풍랑이 높고 물보라가 일어남.

9. 큰센바람- 초속 20.8~24.4m. 약간의 건물 피해가 일어나며, 물보라가 소용돌이침.

10. 노대바람- 초속 24.5~28.4m. 나무가 뽑히고 건물의 피해가 발생함. 전강풍(全强風).

11. 왕바람- 초속 28.5~32.6m. 넓은 지역에 피해가 발생되고, 산더미 큰 파도가 읾. 폭풍.

12. 싹쓸바람- 초속 32.7m 이상. 해상은 물거품과 물보라로 덮여 피해가 큼. 태풍.

샛바람- 동풍(東風). '새'는 동(東)쪽.

하늬바람- 서풍(西風). '하늬'는 서(西)쪽.

마파람- 남풍(南風). '마'는 남(南)쪽. 남향집에서 마주 보는 쪽이 '마, 맞'임.

높바람- 북풍(北風). '높'은 북(北)쪽. 위쪽, 높은 쪽인 북쪽에서 부는 바람.

강쇠바람- 초가을에 부는 동풍.

높새바람- 북동풍.

높하늬바람- 서북풍.

갈마바람- 남서풍.

가수알바람- 서풍.

마칼바람- 북서풍.

뒷바람- 북풍. 남향집의 뒤쪽에서 부는 바람.

덴바람- 북풍.

댑바람- 북쪽에서 거세게 부는 바람.

골짜기바람- 낮에 골짜기로부터 산꼭대기를 향해서 부는 바람.

산바람- 밤에 산꼭대기로부터 골짜기를 향해서 불어 내리는 바람.

갈바람- 가을에 서쪽에서 부는 바람.

가을바람- 가을에 부는 바람.

맞바람, 맞은바람- 양편에서 마주 불어오는 바람.

건들마- 초가을에 남쪽에서 불어오는 시원한 바람.

선들바람- 선들선들 약간 세게 부는 바람.

소슬바람- 으스스하고 쓸쓸하게 부는 바람.

서늘바람- 초가을에 부는 서늘한 바람.

서릿바람- 서리 내린 아침의 쌀쌀한 바람.

겨울바람- 겨울에 북쪽에서 부는 바람.

밤바람- 밤에 불어오는 바람.

옆바람- 옆에서 불어오는 바람.

비바람- 비를 몰아오면서 부는 바람.

눈바람- 눈과 함께 불어오는 차가운 바람.

철바람- 계절풍.

늦바람- 저녁 늦게 부는 바람.

흙바람- 흙먼지가 섞여 부는 바람.

손돌(孫乭)바람- 음력 시월 스무날께 부는 몹시 차고 센 바람. 손석풍.

솔솔바람- 약하게 솔솔 부는 바람.

소소리바람- 이른 봄의 맵고 스산한 바람.

회오리바람- 나선 모양으로 도는 바람.

회리바람- 회오리바람.

돌개바람- 회오리바람.

용오름- 소용돌이치며 부는 바람.

칼바람- 매섭게 부는 바람.

살바람- 봄철에 부는 찬 바람. 좁은 틈에서 새어 드는 찬 바람.

골바람- 산기슭이나 산골짜기에서 산 위로 부는 바람.

들바람- 들에서 불어오는 바람.

벌바람- 벌판에서 불어오는 바람.

물바람- 물 위에서 불어오는 바람.

문바람- 문이나 문틈으로 불어오는 바람.

강바람- 비는 오지 않고 심하게 불어 대는 바람.

강바람- 강에서 불어오는 바람.

뭍바람- 뭍에서 불어오는 바람.

윗바람- 물의 상류에서 불어오는 바람.

갯바람- 바닷바람.

뱃바람- 배를 타고 쐬는 바람.

박초바람- 음력 5월에 부는 바람.

헛바람- 쓸데없이 부는 바람.

왜바람- 일정한 방향이 없이 마구 부는 바람.

꽃바람- 꽃이 필 무렵에 부는 봄바람.

색바람- 이른 가을에 부는 신선한 바람.

솔바람- 솔숲을 스치고 부는 바람.

재넘이- 산에서 내리 부는 바람.

명지바람- 부드럽고 화창한 바람. (명주 → 명지?)

뒤울이- 북풍.

흰풍(喧風)- 따뜻하게 부는 바람.

훈풍(薰風)- 초여름에 부는 따뜻한 바람.

막새바람- 구시월 북쪽에서 부는 차가운 바람.

황소바람- 좁은 틈이나 구멍으로 들어오는 몹시 세고 찬 바람.

우리나라 달의 종류와 모양은?

1. 초승달(New Moon): 태양과 같은 방향에 있을 때 나타나는 모습
   으로, 달의 밝은 부분이 지반대 방향에 있어 보이지 않는다. 음력
   의 첫 번째 날에 해당하며, 새로운 시작을 상징합니다.

2. 상현달(First Quarter Moon): 달이 지구와 태양 사이에 달의 오른
   쪽 반쪽이 밝게 빛나는 형태이며 음력의 7일에서 8일 사이에 해
   당하고 달의 크기가 점점 커지는 시기입니다.

3. 보름달(Full Moon): 보름달은 달이 지구의 반대편에 위치할 때 나
   타나는 모습으로, 달이 완전히 둥글고 밝게 빛나는 상태이고 음
   력 15일에 해당하며, 한 달 중 가장 밝고 큰 달입니다.

이 외에도 달의 모양에 따라 하현달(Last Quarter Moon)과 그믐달
(Waning Crescent Moon) 등 다양한 형태가 있고, 각 달의 모양은 한국

의 전통문화와 민속 신앙에서도 중요한 역할을 합니다.

나만 그런가 너는 어때?

공연히 만나자고 했나?

바라만 보고 할 말 없이 헤어지는 우리는 또 만나자는 헛인사만 남기는구나.

기다리는 만남은 언제?

누가 나와 함께 베토벤 교향곡 9번 들어 줄 사람 없나요?

조명은 어슴푸레 잠을 자고 객석에 앉아 베토벤 9번 '합창'의 3악장이 나올 때 누가 먼저라고 할 것 없이 따뜻한 체온이 묻어 있는 손을 잡을 사람, 가슴이 뛰고 숨이 멎을 듯한 소름이 돋는 순간을 같이할 사람 말입니다.

청각을 상실한 상태에서 작곡한 그 심정은 어떠했을까? 그는 인간의 감정을 음악으로 표현하는 데 성공했습니다. 그의 음악은 단순한 음표의 나열이 아니라, 깊은 감정의 흐름을 담고 있습니다. 그가 느꼈던 고뇌와 희망이 교향곡 속에 녹아들어, 나에게 전해집니다.

지휘를 마친 카라얀 역시 상상하기조차 힘든 고통과 외로움이었을 것입니다. 그는 무대 위에서 음악의 힘을 느끼며, 관객과 함께하는 그 순간의 감동을 깊이 체험했을 것입니다. 목이 메여 참았던 침을 꿀꺽 삼키며, 전율이 온다는 감정이 그의 가슴속에서 울려 퍼졌을 것입니다. 음악이 끝난 후의 그 정적 속에서, 나와 함께 느끼는 감정은 서로를 연결하는 강한 끈이 될 것이고 서로의 체온을 느끼고, 가슴 뛰는 그 순간을 함께할 수 있는 사람을 찾는다는 것입니다.

4악장 '환희의 송가'. 형제여 별이 빛나는 하늘 저편에는 하나님의 선하심이 계신다오. 천국의 딸들아! 주님의 부드러운 날개 아래서 우리 모두는 형제 된다오. 모든 사람이여 서로 포옹하라. 전 세계의 입맞춤을 받아라. 환희, 아름다운 하나님의 빛! 하나님의 빛! 우렁찬 드럼이 끝나고 객석의 조명이 밝아지면 어색한 표정이지만 서로의 따뜻한 눈동자를 마주 보게 되겠지요. 이 한 해가 가기 전 따뜻한 커피를 나눌 사람 말입니다.

나는 지금도 그분을 기다립니다.

추억이란 노트

소리 없는 외침도 바람마저 깊이 잠던 야심한 열대야(熱帶夜)에 자다 깨고 깨다 자고 한다.

이 생각 저 생각 이리 뒤척 저리 뒤척 하기를 여러 번, 하메나 하메나 기다리는 아침은 오지 않고 애꿎은 리모컨만 고생한다. 잠을 잔 건지 홍진이 갔는지 왔는지 비몽사몽(非夢似夢) 하루를 시작해야 하는구나. 기다리는 삼도봉 첫 동네의 밝고 빛난 태양과 함께 뒷집 장닭의 고함 소리가 우렁차다.

어여 일로 와서 웃통 벗고 엎디리라. 땀 흘리고 학교 다녀오는 나를 작두샘으로 데리고 가서 마중물 한 바가지 붓고 칙칙척척 젓기 시작하면 금방 찬물이 올라온다. 허리를 굽히고 있으면 손으로 등목을 해주시고 냉장고도 없던 시절 우물에 끈으로 담가 놓았던 수박을 꺼내어 얼음집에서 사 온 얼음과 사이다를 썩어 바가지에 숟가락으로 건져 먹던 그 뜨거웠던 지난여름의 추억들을 생각하면 아침부터 더욱 그리워지는 그 이름은 우리 어머니, 우리 어머니.

오늘도 시기 덥다

오후엔 대뜰에 신발 벗어 놓고 장롱 밑바닥을 뒤져 찾은 낡고 해진 오래된 삼베 사리마다를 찾아 입고 대청마루에 훌러덩 누워 삼도봉에서 내려오는 골바람 맞으며 도니제티의 가극 '남몰래 흐르는 눈물'을 들으며 어머니 생각에 눈시울이 젖는다.

그래도

가을을 기다리는 과수의 풍성함을 채워주는 이런 더위쯤이야 농부의 마음에 비할까? 입추(立秋)도 지났으니 시원한 바람도 찾아오겠지.

이래저래 또 한세월 지나가는구나.

한여름 해가 길다지만 산속 시계는 어둠이 빨리 온다. 산속에서 어미 찾아 울부짖는 고라니의 소리는 마치 잃어버린 사랑을 그리워하는 듯한 애절함이 느껴지는구나. 그래 저래 오늘도 추억의 노트는 이렇게 채워지는구나.

천지동(天地洞)의 오후

한여름의 오수(午睡)는 나만이 만끽하는 즐거움이다.

잠시인 줄 알았는데 그동안 여우비가 다녀갔는지 잔디 마당이 홍건하다. 산마다 푸른빛의 잎들이 유난히 반짝인다. 따다따다 오토바이가 소리 내어 올라오는 것 보니 동네 이장이다. 나하고 장기 두러 온다. 나에게 포(包)를 떼고 두지만 그래도 내가 이길 확률은 70%도 안된다. 이장은 내기 장기 아니면 두지 않는다. 오늘은 어떤 내기를 걸까?

다섯 판이나 뒀다. 이장은 전화 받고 급한 일 있다며 떠났다. 결과는 내가 3:2로 졌다. 나는 언제나 지니까 지는 덴 이골이 났다. 이장이 내려갔으니 혼자인데 뭘 할까?

옛말에 갱상도 말로 '노니 알라 본다'는 이야기가 있다.

그렇지, 요럴 때 궁금한 것 ChatGPT에게 물어나 보자. 나는 내가 생각해도 궁금한 것은 못 참는다. 남이 보면 싱거운 사람이라고 할 거다.

질문 1: 사람이 태어나서 팔순까지 숨은 몇 번이나 쉽니까?

1. 평균 호흡 수: 성인의 평균 호흡 수는 분당 약 12~20회 정도입니다. 여기서는 평균 15회를 가정해 보겠습니다.

2. 시간 계산: 1시간은 60분이므로, 1시간 동안의 호흡 수는 15회 × 60분 = 900회입니다. 1일은 24시간이므로, 1일 동안의 호흡 수는 900회 × 24시간 = 21,600회입니다.
   1년은 약 365일이므로, 1년 동안의 호흡 수는 21,600회 × 365일 = 7,884,000회입니다.

3. 팔순까지의 전체 호흡 수: 80세까지의 총 호흡 수는 대략적으로 7,884,000회 × 80년 = 약 630,720,000(6억 3072만)회입니다. 다만, 이는 평균적인 수치이며 개인의 건강 상태나 환경, 활동 수준에 따라 달라질 수 있습니다.

질문 2: 그러면 소변 보는 양(무게)은 얼마나 됩니까?

1. 평균 소변량: 일반적으로 건강한 성인의 경우 하루에 약 1~2리터의 소변을 배출합니다. 여기서는 평균 1.5리터를 가정하겠습니다.

2. 소변의 무게: 소변의 밀도는 약 1g/mL로, 1리터는 1킬로그램에 해당합니다. 따라서 하루에 배출되는 소변의 무게는 약 1.5킬로그램입니다.

3. 팔순까지의 전체 소변량: 1년 동안의 소변량은 1.5kg × 365일 = 약 547.5kg입니다.

80세까지의 총 소변량은 547.5kg × 80년 = 약 43,800kg입니다. 결론적으로, 사람이 태어나서 팔순까지 대략적으로 43,800kg의 소변을 보는 것으로 추정할 수 있습니다. 이는 평균적인 수치이며, 개인에 따라 다를 수 있습니다.

질문 3: 그렇다면 똥의 무게도 계산되나요?

1. 평균 대변량: 일반적으로 건강한 성인은 하루에 약 100g에서 250g의 대변을 배출합니다. 여기서는 평균 150g을 가정하겠습니다.

2. 팔순까지의 전체 대변량: 하루에 배출되는 대변의 무게는 약 0.15kg, 1년 동안의 대변량은 0.15kg × 365일 = 약 54.75kg, 80세까지의 총 대변량은 54.75kg × 80년 = 약 4,380kg입니다. 따라서 사람이 태어나서 팔순까지 대략적으로 4,380kg의 대변을 보는 것으로 추정할 수 있습니다. 이 역시 평균적인 수치이며, 개인에 따라 다를 수 있습니다.

질문 4: 잠은 얼마나 자나요?

1. 신생아(0~3개월): 14~17시간

2. 유아(4~11개월): 12~15시간

3. 어린이(1~2세): 11~14시간

4. 유치원생(3~5세): 10~13시간

5. 초등학생(6~13세): 9~11시간

6. 청소년(14~17세): 8~10시간

7. 성인(18세 이상): 7~9시간

8. 노인(65세 이상): 7~8시간

팔순까지의 수면 시간 계산에서 성인의 경우 평균적으로 하루 8시간의 수면을 취한다고 가정해 보겠습니다. 1년 동안의 수면 시간: 8시간 × 365일 = 2,920시간, 80세까지의 총 수면 시간: 2,920시간 × 80년 = 233,600시간의 수면을 취하는 것으로 추정할 수 있습니다. 이는 평균적인 수치이며, 개인에 따라 다를 수 있습니다.

질문 5: 종교를 가진 사람과 없는 사람은 어떤 차이가 있을까요?

1. 가치관과 윤리관

종교를 가진 사람: 종교는 개인의 윤리적 기준과 도덕적 가치관에 큰 영향을 미칩니다. 종교적 신념에 따라 선과 악, 옳고 그름에 대한 기준이 형성됩니다.

종교가 없는 사람: 비종교적인 사람들은 개인적인 경험이나 철학적 사고를 통해 윤리적 기준을 세우는 경우가 많습니다. 이는 다양하고 주관적일 수 있습니다.

2. 삶의 의미와 목적

종교를 가진 사람: 종교는 삶의 의미와 목적을 제공하는 경우가 많습니다. 많은 종교는 인간 존재의 이유나 삶 이후의 세계에 대한 믿음을 가지고 있습니다.

종교가 없는 사람: 비종교적인 사람들은 삶의 의미를 개인적 경험이나 목표 설정, 인간관계 등에서 찾는 경우가 많습니다. 이는 각자의 삶의 경험에 따라 다르게 나타납니다.

3. 사회적 관계

종교를 가진 사람: 종교 공동체는 사회적 지지망을 제공할 수 있으며, 공동체 활동을 통해 사회적 유대감을 형성합니다.

종교가 없는 사람: 비종교적인 사람들은 친구, 가족, 직장 등 다른 사회적 네트워크를 통해 관계를 형성하고 지지받는 경우가 많습니다.

4. 스트레스와 어려움 대처

종교를 가진 사람: 종교는 어려운 상황에서 위안과 희망을 제공하는 경우가 많습니다. 기도나 명상 등을 통해 스트레스를 해소하기도 합니다.

종교가 없는 사람: 비종교적인 사람들은 다양한 방법(예: 심리 상담, 운동, 취미 활동 등)을 통해 스트레스를 해소하고 어려움을 극복하려고 합니다.

5. 세계관

종교를 가진 사람: 종교적 신념은 세계관에 큰 영향을 미칩니다. 예를 들어, 초자연적 존재나 신의 개념이 포함될 수 있습니다.

종교가 없는 사람: 비종교적인 사람들은 과학적 설명이나 이성적 사고를 바탕으로 세상을 이해하는 경우가 많습니다.

책에 이런 것 올려도 되나요? 여러분들 잠시 쉬어 가시라고 올린 겁니다.

사람 위에 사람 있고 사람 밑에 사람 있다

'사람 위에 사람 없고 사람 밑에 사람 없다'라는 말은 오랫동안 들어 익히 알고 있는 속담입니다.

누구나 평등하게 존중받아야 한다는 인간 평등의 가치를 표현합니다. 사회적 지위나 계층에 상관없이 모든 개인의 가치와 권리가 동등하다는 것을 강조하는 말이며, 우리나라에만 있는 유교 사상의 영향을 받아 형성되었을 것으로 추정됩니다.

그런데 오늘날 우리의 현실은

국민 위에 정치인 있고 정치인 위에 돈 있다
의사 밑에 국민 있고 국민 밑에 보험 있다
남편 위에 아내 있고 아내 위에 애완견 있다
시엄니 밑에 며눌 있고 며눌 밑에 남편 있다
주택 위에 아파트 있고 아파트 위 테라스 있다
학교 위에 학원 있고 학원 위에 강남학원 있다
주차하는 사람 있고 사람 위에 발레파킹 있다

성공한 사람이 아니라 가치 있는 사람이 되려고 힘써라.

- 알베르트 아인슈타인 -

우리의 소원은 통일

이 노래는 1947년 안석주가 작사를 하였고 아들 안병원이 작곡을 하였다. 분단 이후 통일을 염원하는 마음으로 불려 왔다. 당시 '독립'이라는 내용이 포함되어 있었지만 1954년에 가사가 '통일'로 변경되면서 남북 분단 이후 통일을 염원하는 노래로 자리 잡게 되었고, 나도 주구장창(晝夜長長) 지금까지 부르고 있다.

통일. 7천만 동포가 원하고 저 역시 학수고대(鶴首苦待)하고 있습니다. 맞는 말입니다. 북쪽의 풍부한 지하자원과 저렴한 노동력과 남한의 자금과 기술 등을 합치면 당장 G2 국가로 진입할 것 같이 호들갑을 떨고 있습니다. 글쎄요. 여러 가지 시나리오를 대입하여 우리의 처한 현실을 한번 생각해 봅시다.

지금 북한은 가두리 양식장 같은 창살 없는 감옥 같은 생활을 하고 있습니다. 지금은 총탄을 각오하고라도 탈북을 실행하는데 통일 되어 그 사람들이 넘어온다고 족쇄를 채울 수 있을까요. 처음엔 1국가 2체제로 비자(visa)를 발행하여 통행을 제한해도 얼마나 지속될 수 있을까요?

여기만 오면 현재 소득의 15배는 넘을 테고 풍부한 인프라 교육환경 의료제도 등 그것을 어찌 감당할는지, 이천만 국민 중 백만 명만 넘어와도 주거는 어떻게 할 것이며 맨손으로 와서 정착하려면 돈이 있어야 할 텐데 정착금은 준비되어 있는지 걱정됩니다. 우리나라 국가 채무가 1,100조가 넘고 국가 부채는 2,300조로 역대 최대라고 하는데 70여 년 동안 문화가 다르고 말이 다르고 공산주의와 민주 자본주의 체제가 다르게 생활해 온 나라가 서로 이해하고 살을 맞대어 살 날까지 얼마나 많은 희생과 시행착오를 겪어야 할지 먹고 살기가 어려우면 자연히 범죄도 성행할 것입니다. 어떤 목사님은 너무나 쉽게 통일되면 북한에 교회를 몇천 개 세울 계획을 갖고 계신데 그 꿈이 실현되기를 바랍니다.

물론 이런 문제를 전문가들의 연구와 여러 나라 사례를 연구하겠지만 우리나라는 생각도 못 한 특수 상황이란 것도 아시고 계시겠지만, 글쎄요, 지금 있는 당(黨)만 해도 골치 아픈데 거기다가 공산당까지 생각만 해도 아찔합니다. 제가 제안드리는 것은 비무장지대를 유엔(UN)에 기부하고 그곳에 공동 감시기구를 설치하여 비자(visa)를 발행하여 통행하게 하고 분단된 70년만큼 앞으로 기간도 그만큼 필요할 것 같고, 다음 세대가 감당할 수 있도록 우리는 준비를 하는 것이지 일부 정치인들의 얄팍한 립 서비스의 환상에 휩쓸리지 말아야 한다고 생각하고 있습니다.

저는 국가의 정책이나 특히 통일 문제에 있어서 통일이 하루속히 이루어져야 한다는 데는 동의하지만 막상 그날이 온다면 어떨지 저 자신이 의문스럽습니다. 저는 말은 '국가가 우선이다' 앞에서는 국가의 하는 일이 옳다고 하지만, 국가보다는 우리 지역, 우리 지역보다는 저 자신의 이익을 우선하는 이중인격의 소유자입니다.

변화하고 있는 것은 진화하는 것이다

진화하는 것은 발전하는 것이다. 우리나라 전 근대사를 살펴보면 고조선도 조선 근세조선도 조선인데 전 조선, 후 조선으로 본다면 1945년 해방 이후 우리나라의 변화를 생각해 보고 싶다.

8·15 이후

일제 강점기 동안 한국은 일본의 식민지 경제 체제 아래 있었고 해방 이후 한반도는 남북으로 분단되었으며, 이는 한국 사회에 지속적인 영향을 미쳤다. 분단 체제하에서 한국은 경제 발전과 민주화를 추구하는 과정에서 다양한 과제와 도전에 직면했으며 경제는 식민지 유산을 극복하고 미 군정기를 거치면서 대외 경제관계가 재편되었다. 식량 물자 인력 등 일본 의존도를 벗어나 새로운 경제 체제로 구조를 형성하였고, 특히 공업 부분과 산업화 도시화로 발전하여 산업화와 도시화를 이루어간다.

2·28 민주운동 등 다양한 시민운동이 민주화에 중요한 영향을 미쳤고, 교육을 통해 기회의 확대, 대중 매체의 성장 등으로 인해 사회 의식의 변화와 일련의 과정을 계속해서 겪어 나갔다.

해방 이후에서 변환점의 시기는 1955년 이후의 농업, 1965년 이후의 공업의 순서로 이루어졌고, 따라서 1945년의 해방이 대한민국 경제 발전의 가장 큰 전환점이었다는 결론을 얻을 수 있었다. 당시 1인당 국내총생산(GDP)은 64달러였고 북한은 66달러였고 필리핀은 263달러였다. 1970년 들어와서도 우리나라는 286달러 북한은 384달러였는데, 1979년 기준 남한 1,805달러 북한 622달러, 2024년 현재 남한 34,165달러이고 북한은 통계로 집계되지 않았다.

1950년대 한국은 경제 역사상 최저 수준이었던 것으로 나타났고, 당시 대한민국은 한국전쟁의 폐허 속에서 경제 재건을 시작하는 시기였다. 1950년대 후반부터 경제개발 5개년 계획 등 정부 주도의 경제 성장 정책이 시행되면서 1인당 GDP가 점차 증가하기 시작했다.

한국의 공업 구조는 초기에는 경공업 중심이었으나 1960년대 이후 중화학 공업 부문이 크게 성장하였고, 한국의 경제 산업 구조가 농업 중심에서 공업 중심으로 전환되었다. 1960년대 이후 한국 정부는 수출 주도 공업화 전략을 추진하였고, 또한 중화학 공업 분야에서도 수출 경쟁력을 확보하게 되었다.

정부의 적극적인 연구개발(R&D) 투자와 기술 인력 양성 정책, 기업의 기술 혁신 노력 등에 힘입어 1970년대 이후 전자, 자동차, 조선 등 첨단 산업 분야에서 두각을 나타내기 시작하였다. 수출 주도형의 공업화, 기술 발전 등을 통해 비약적인 성장을 이루어 현재까지도 한국 산업의 중요한 기반이 되고 있다.

일제 강점기에 도입된 근대적 교육 제도가 해방 이후 더욱 발전의 계기가 되었고, 미 군정 시기에 현재의 한국 교육 체계의 틀을 마련하게 되었다. 1959년에 이미 초등교육의 취학률이 96%에 달하였고 정부 수립 이후 다양한 교육 개혁을 시행하며 교육 기회의 확대와 질적 향상을 추구한 것이 이후 경제개발의 밑거름이 되었다.

1960년대 이후 경제개발 5개년 계획을 통해 제조업, 중화학공업 등이 빠르게 발전하였고, 이러한 산업화 과정에서 농업 인구가 도시로 유입되면서 도시화가 급속히 진행되었으며 섬유, 전자, 자동차 등 주력 수출 산업과 철강, 석유화학, 기계 등 중화학공업이 성장하였다. 금융, 통신, 유통 등 서비스 산업이 발달하므로 이런 산업화 과정에서 농촌 인구가 도시로 유입되고 도시화로 인해 수도권 집중, 지역 간 불균형 등의 문제가 발생하였다.

이런저런 세월이 흘러 1961년 5월 16일, 박정희 소장을 중심으로 한 군사 쿠데타가 발생했다. 이 사건으로 인해 제2공화국의 장면 내각이 무너지고 박정희를 중심으로 한 군사 혁명위원회가 정권을 장악하여 제3공화국을 수립한다. 1963년 12월, 박정희를 대통령 후보로 하는 민주공화당이 창당되었고, 윤보선과의 대선에서 가까스로 승리하면서 제3공화국이 출범하였고 1980년 10월 27일, 전두환 등 신군부 세력이 군사 쿠데타를 일으켜 제4공화국을 무너뜨리고 제5공화국을 수립하였으며 제5공화국은 1987년 6월 민주화 운동으로 인해 종식되었다.

박정희의 새마을 운동으로 인하여 초가집을 슬레이트 집으로 바꾸고 마을 안길을 넓히며 벌거숭이 산하를 푸른 초장으로 한강의 기적을 이루, 한마디로 천지개벽이 시작되었다.

변소와 처가는 멀리 있을수록 좋다고 했다. 언제부턴가 화장실은 가정의 중심에 그것도 2개씩이나 옮겨 놓고 처가는 손자를 보기 위해 가까운 곳으로 이사 오게 되었다. 전차 대신에 버스로 지하철로 자가용이 아니라 마이카로 전화에서 카폰으로 핸드폰으로 스마트폰으로 성능도 바뀌고 교복 교모도 사라지고 선생님의 권위는 없어지고 노조의 힘은 정치를 좌지우지하고 교회는 세계 최대가 생겨나고 버스 차장도 없어지고 기차의 홍익회도 대전역의 가락국수도 사라졌다.

카세트테이프 들어가는 워크맨만 있어도 폼 잡고 살았고 코끼리 밥통 대신에 쿠쿠가 세계를 휩쓸고 국제선 김포공항이란 이름만 걸려 있을 뿐 세계 최대를 눈앞에 두고 있는 인천국제공항에 2층만 살아도 부잣집이라고 했는데 50층짜리 건물들이 즐비하고 미국 사람 똥도 좋다던 시절이 있었는데 이제 옷과 음식을 버릴 곳이 없어 철철 넘치고 새벽 별 보고 나가 저녁 별 보고 들어와도 먹고 살기 힘들었는데 주 52시간만 일해도 자가용 탈 수 있다. 배탈만 나도 119 부르면 구급차 달려오고 의사 얼굴 한번 보고 1500원만 주면 치료해 주고 코로나 걸렸다고 병원비 공짜에 집집마다 돈도 주고 이제 핸드폰 내비게이션이 없으면 살아갈 수 없는 문화혜택도 받고 K-pop 스타나 스포츠 선수들이 국위를 선양하고 세계 어디나 우리나라 여권 가지고 북한 빼고 다 갈 수 있고 거기다가 종교의 자유 언론의 자유 여행의 자유 등 불편 없이 사는 이런 시대가 올 때까지 나는 과연 무엇을 했는지 국가에 감사할 뿐이다.

思(생각)를 조심하래요. 왜냐하면 그것은 말이 되기 때문에.

言(말)을 조심하래요. 왜냐하면 그것은 행동이 되기 때문에.

動(행동)을 조심하래요. 왜냐하면 그것은 습관이 되기 때문에.

習慣(습관)을 조심하래요. 왜냐면 그것은 인격이 되기 때문에.

人格(인격)을 조심하래요. 왜냐면 그것은 인생이 되기 때문에.

- 마하트마 간디 -

명분과 실리 사이엔 반드시 갈등이 존재한다

명분과 실리는 마치 바늘과 실 같아서 항상 골무에 엉켜 있습니다. 명분이라고 내세우지만 마음속 깊은 곳의 종착역은 실리에 닿고 싶을 것입니다. 이 두 개념은 종종 상충하며, 어떤 선택 여하에 따라 개인이나 집단의 미래가 크게 달라질 수 있습니다.

명분은 도덕적, 윤리적 가치에 기반한 원칙이나 이념을 말하며 이는 정의, 도덕적 의무와 같은 개념을 포함하지만 많은 사람들이 명분을 중시하는 이유는 사회의 안정과 조화를 이루는 데 기여하기 때문이라고 하지만 솔직히 주위의 눈치가 우선이기 때문입니다. 반면, 실리는 현실적이고 실용적인 이익을 추구하는 것이며 이는 경제적 이익, 효율성, 생존과 같은 요소를 포함하며, 때로는 감정이나 이상보다는 현실적인 결과를 중시합니다.

이 두 개념 간의 갈등은 여러 가지 상황에서 나타나는데 기업이 이윤을 극대화하기 위해 환경 규제를 완화하려는 경우, 단기적으로는 실리에 부합할 수 있지만, 장기적으로는 환경 파괴와 사회적 비난을 초래하여 명분에 위배될 수 있습니다. 결국 명분과 실리 사이의 균형을 찾는 것이 중요한데 명분이 없다면 사회는 가치의 기준을 잃고, 실리만 추구한다면 인간의 존엄성과 윤리가 무시될 위험이 있습니다.

결과적으로, 명분과 실리의 갈등은 사회의 복잡성을 드러내며, 이를 이해하고 해결하는 과정은 개인과 집단이 발전하는 데 필수적이라 할 수 있습니다.

결국, 갈등 해결에서 명분과 실리는 서로 보완적인 관계에 있으며 명분이 없다면 실리는 의미를 잃고, 실리 없이 명분만 강조하면 갈등이 해소되지 않을 수 있습니다. 혼자라면 쉽게 해결될 수 있는데 누군가가 지켜보기 때문에 선택이 어렵습니다. 따라서 상황에 따라 두 가지를 균형 있게 고려하는 것이 가장 이상적입니다.

이 문제는 생각이 존재하는 한 정치가나 철학자 종교인 등 인간이면 누구나 말을 안 해서 그렇지 마음속에는 언제나 함께하는 겁니다.

아가야 물어보자

너 이름이 뭐니?

금낭화입니다.
어떤 사람은 '등꽃'이라 하고 '모란꽃'으로 부르는 사람도 있어요.

고향은 어디니?

확실한 고향은 잘 모르지만 국적은 한국입니다.

그러면 소속은 어딘데?
양귀비 사촌인데 복주머니가 있다고 사람들이 많이 사랑해 줍니다.

너의 집은 어디야?
산지나 계곡이지만 예쁘다고 정원에 있으라고 하네요.

생일은?
5~6월입니다. 엄마가 가르쳐 주지 않았어요.

그런데 이렇게 아름다워도 되는 거니?
몰라요. 하나님이 저를 이렇게 만드셨네요.

지금 가면 언제 다시 올 건데?
내년 이맘때 다시 올 겁니다.
꼭 약속해. 기다릴게. 다시 보자.

너는 또 누구니?

많은 분들은 우릴 보고 헷갈려하세요.

우리 둘은 같은 듯 다른, 다른 듯 같은 슬픈 사연이 있어요. 여러분도 우리의 사정을 아시면 마음이 아프실 거예요. 우리는 꽃과 잎이 서로 만나지 못하는 특징이 있어 '이룰 수 없는 사랑'을 상징합니다. 하지만 꽃 피는 시기와 색상 등 여러 가지 차이점이 있습니다.

저, 상사화(相思花)는 여름(7~8월)에 연붉은 자줏빛의 깔때기 모양 꽃이 피고 꽃이 필 때 잎은 이미 말라 있어 꽃과 잎이 서로 볼 수가 없습니다. 제주도를 포함한 중부 이남 지역에 자생하며, 관상용으로도 재배됩니다. 저의 꽃말은 '이룰 수 없는 사랑', '슬픈 추억'입니다. 제 친구 꽃무릇은 가을(9~10월)에 붉은 꽃이 피며 꽃이 져야 잎이 돋아나는 특징이 있으며 군락지로는 함평 용천사, 영광 불갑사, 고창 선운사, 김천 직지사 등이 있습니다. 꽃말도 저와 같이 슬픈 의미를 가지고 있습니다.

여러분께서 쉽게 구분하시려면 상사화는 여름, 꽃무릇은 가을에 핀다고 기억하시고 상사화는 다양한 색상(분홍, 노랑, 흰색 등)이 있지만, 꽃무릇은 주로 붉은색이고 상사화는 꽃이 필 때 잎이 말라 있지만, 꽃무릇은 꽃이 진 후 잎이 돋아납니다. 우리 모두는 수선화과에 속하는 여러해살이 풀입니다. 국화나 장미는 꺾어서 집에 가져가시기도 하지만 우리는 보기만 하고 감탄만 합니다. 좋은 계절에 저희를 보러 한번쯤 오시기를 초대합니다.

이제 아셨죠. 우리는 엄연히 다른 족보를 가지고 있답니다.

저도 있어요

저는 5월에 피는 아카시아 꽃입니다.
저는 6월에 피는 산속 밤나무 꽃입니다.

우리 둘은 멀고 먼 곳까지 진한 향기를 날립니다.
유월의 밤꽃 향기는 과수댁의 마음을 설레게 해요.

저는 7월에 피는 거베라, 여뀌, 거베라, 쿠페아, 애플민트, 분꽃이고요.
저는 8월에 피는 금계국, 해바라기, 코스모스, 패랭이꽃, 거배라고요.
저는 9월에서 11월까지는 이 산, 저 산 다니며 단풍으로 물들이고

저도요, 저도요~

그래,

차근차근 이름을 말해 봐라.

가지 꽃, 개나리, 겹벚꽃, 고구마 꽃, 고라니 꽃, 고마리, 골든벨, 구절
초, 국화, 금낭화, 금어초, 금잔화, 금전초, 금혼초, 나리, 나팔꽃, 난초,
네프로레피스, 노루귀, 다알리아, 달맞이꽃, 담쟁이덩굴, 데이지, 도라
지, 동백, 라벤더, 라일락, 레몬, 레몬밤, 레몬버베나, 로즈마리, 로즈제

라늄, 루피너스, 마가렛, 매발톱꽃, 매쉬 메리골드, 매화, 목련, 민들레, 민트, 바실, 바베나, 박하, 반딧불이 꽃, 방울꽃, 백일홍, 백합, 베고니아, 봉선화, 빙카, 사프란, 산수국, 산수유, 산철쭉, 삼백초, 삼일초, 삼지구엽초, 삼천포, 선인장, 스토크, 스피아민트, 스위트바질, 스위트피, 수국, 수련, 수선화, 수레국화, 시클라멘, 아가판사스, 아네모네, 아도니스, 아르메리아, 아마릴리스, 아스파라거스, 아이리스, 아이비, 아이비제라늄,안 스륨, 양귀비, 야생화, 야자나무 잎새, 연꽃, 용담, 원추리, 인동, 자스민, 장미, 제비꽃, 제라늄, 종려나무, 창포, 접시꽃

한참 더 한참 끝없이 멀었다고? 고마해라. 고마해도 알것다. 이 할배가 어지럽다.

탐스럽게 핀 모습 그냥 봐도 예쁜데 가까이 보니 더욱 아름답구나. 천하 만물을 지으신 하나님의 은혜구나. 너희들이 있어서 세상이 향기롭고 온 천지가 조화롭구나. 그런데 제 이름은 왜 안 불러요. 호박꽃도 꽃이랍니다.

우리도 있어요

우리도 소개해 주세요. 우리는 하늘을 날며 춤도 추고 노래도 불러드리잖아요.

고맙다.

그런데 이렇게 많이 우리나라에 살고 있었단 말이지. 친구들에게 소개시켜 줄 테니 순서대로 이름을 말해 보아라. 성질 급한 친구는 읽다가 달아나겠다.

한국에는 다양한 새 종류가 서식하고 있습니다.

한국의 대표적인 텃새입니다.

- 검은등할미새: 해안가에서 흔히 볼 수 있는 새로, 검은색 등과 흰색 배가 특징입니다.
- 검은머리갈매기: 우리나라 해안가와 내륙 호수에서 볼 수 있는 갈매기 종류입니다.
- 검은머리물떼새: 우리나라 해안가와 하천에서 볼 수 있는 물떼새 종류입니다.
- 괭이갈매기: 우리나라 해안가와 내륙 호수에서 흔히 볼 수 있는 갈매기 종류입니다.
- 까마귀: 우리나라 전역에서 볼 수 있는 대표적인 텃새입니다.
- 까치: 우리나라 전역에서 볼 수 있는 대표적인 텃새입니다.
- 꿩: 우리나라 산림 지역에서 볼 수 있는 대표적인 텃새입니다.
- 논병아리: 우리나라 논과 습지에서 볼 수 있는 대표적인 텃새입니다.

- 동고비: 우리나라 산림 지역에서 볼 수 있는 대표적인 텃새입니다.

- 동박새: 우리나라 산림 지역에서 볼 수 있는 대표적인 텃새입니다.

- 딱새: 우리나라 산림 지역에서 볼 수 있는 대표적인 텃새입니다.

- 때까치: 우리나라 전역에서 볼 수 있는 대표적인 텃새입니다.

- 매: 우리나라 산림 지역에서 볼 수 있는 대표적인 텃새입니다.

- 멧비둘기: 우리나라 산림 지역에서 볼 수 있는 대표적인 텃새입니다.

- 물까치: 우리나라 하천과 호수 주변에서 볼 수 있는 대표적인 텃새입니다.

- 물총새: 우리나라 하천과 호수 주변에서 볼 수 있는 대표적인 텃새입니다.

한국의 새들은 다음과 같은 주요 분류군에 속합니다.

수리과(Accipitridae)

두루미과(Gruidae)

황새과(Cioniidae)

저어새과(Threskiornithidae)

백로과(Ardeidae)

오리과(Anatidae)

가마우지과(Phalacrocoracidae)

지금부터 각자 소개해 드립니다.

익히 알고 있는 친구도 있겠지만 처음 들어보는 이름이 대부분일 겁니다.

가마우지, 가면올빼미, 가창오리, 갈까마귀, 갈매기, 갈색제비, 개개비, 개구리매, 개꿩, 개똥지빠귀, 개미잡이, 검독수리, 검둥오리, 검둥오리사촌, 검은가슴물떼새, 검은가슴할미새, 검은다리솔새, 검은댕기해오라기, 검은두견이, 검은등뻐꾸기, 검은등할미새, 검은딱새, 검은머리갈매기, 검은머리갈찌르레기, 검은머리딱새, 검은머리물떼새, 검은머리방울새, 검은머리쑥새, 검은머리촉새, 검은머리흰따오기, 검은머리흰죽지, 검은멧새, 검은목논병아리, 검은목두루미, 검은바람까마귀, 검은슴새, 검은이마직박구리, 검은지빠귀, 고대갈매기, 관수리, 구레나룻제비갈매기, 군함조, 굴뚝새, 귀뿔논병아리, 극제비갈매기, 금눈쇠올빼미, 긴꼬리도둑갈매기, 긴꼬리때까치, 긴꼬리홍양진이, 긴발톱할미새, 긴부리도요, 까마귀, 까막딱따구리, 깝작도요, 꺅도요, 꺅도요사촌, 꼬까도요, 꼬리치레, 꼬마오리꾀꼬리

나무밭종다리, 넓적꼬리도둑갈매기, 넓적부리, 넓적부리도요, 노랑눈썹멧새, 노랑눈썹솔새, 노랑딱새, 노랑때까치, 노랑머리할미새, 노랑멧새, 노랑발도요, 노랑배박새, 노랑배솔새, 노랑배진박새, 노랑부리백로, 노랑부리저어새, 노랑지빠귀, 노랑턱멧새, 노랑할미새, 녹색비둘기, 논병아리, 누른도요느시

대륙검은지빠귀, 댕기물떼새, 댕기흰죽지, 독수리, 동고비, 동박새, 동양개개비, 되새, 되지빠귀, 뒷부리도요, 뒷부리장다리물떼새, 들꿩, 떼까마귀, 뜸부기, 마도요, 매, 멋쟁이 메추라기도요, 멧도요, 목도리도요, 목점박이비둘기, 물꿩, 물닭, 물때까치, 물레새, 물수리, 물총새, 미국쇠오리, 미국흰죽지, 민댕기물떼새, 민물가마우지, 민물도요, 밀화부리

바늘꼬리도요, 바늘꼬리칼새, 바다꿩, 바다비오리, 바다오리, 바다제비, 바다직박구리, 박새, 발구지, 방울새, 밭종다리, 벌매, 부채꼬리바위딱새, 북극도둑갈매기, 북미댕기흰죽지, 북방검은머리쑥새, 북방흰뺨오리, 분홍가슴비둘기, 붉은가슴기러기, 붉은가슴도요, 붉은가슴흰꼬리딱새, 붉은가슴흰죽지, 붉은등때까치, 붉은머리오목눈이, 붉은발도요, 붉은발얼가니새, 붉은배새매, 붉은배지느러미발도요, 붉은부리갈매기, 붉은부리찌르레기, 붉은부리흰죽지, 붉은뺨멧새, 붉은어깨도요, 붉은왜가리, 붉은해오라기, 비둘기조롱이, 비오리, 뻐꾸기, 뿔논병아리, 뿔제비갈매기, 뿔종다리, 삑삑도요

사다새, 사막꿩, 산솔새, 상모솔새, 새매, 새호리기, 섬촉새, 섬휘파람새, 세가락도요, 세가락메추라기, 세이커매, 소쩍새, 솔부엉이, 솔잣새, 송곳부리도요, 쇠가마우지, 쇠개개비, 쇠검은머리흰죽지, 쇠동고비, 쇠딱따구리, 쇠뜸부기사촌, 쇠물닭, 쇠박새, 쇠백로, 쇠부리슴새, 쇠부엉이, 쇠붉은뺨멧새, 쇠솔딱새, 쇠솔새 쇠재두루미, 쇠제비갈매기, 쇠청

다리도요, 쇠황조롱이, 쇠흰턱딱새, 수리부엉이, 수염수리, 수염오목눈이, 숲새, 스윈호오목눈이, 슴새, 시베리아흰두루미, 쏙독새

아메리카홍머리오리, 아비, 알락개구리매, 알락도요, 알락뜸부기, 알락쇠오리, 알락오리, 알락할미새, 알락해오라기, 알바트로스, 양진이, 연노랑눈썹솔새, 염주비둘기, 오목눈이, 오색딱따구리, 왕새매, 울새, 원앙, 원앙 사촌 유리딱새

작은뱀수리, 장다리물떼새, 재두루미, 잿빛개구리매, 저어새, 적갈색흰죽지, 제비갈매기, 제비물떼새, 조롱이, 좀도요, 종달도요, 줄기러기, 중대백로, 중백로, 중부리도요, 지느러미발도요, 진박새, 집까마귀, 집참새, 찌르레기

참매, 참수리, 청다리도요, 청도요, 청딱따구리, 청머리오리, 청호반새, 초원수리, 촉새, 칡때까치, 칡부엉이

칼새, 캐나다기러기, 캐나다두루미, 콩새, 크낙새, 큰고니, 큰군함조, 큰기러기, 큰까마귀, 큰논병아리, 큰도둑갈매기, 큰뒷부리도요, 큰말똥가리, 큰물떼새, 큰부리개개비, 큰부리까마귀, 큰부리도요, 큰부리제비갈매기, 큰부리큰기러기, 큰사다새, 큰소쩍새, 큰오색딱따구리, 큰왕눈물떼새, 큰재갈매기, 큰홍학, 큰회색머리아비, 큰흰죽지

털발말똥가리, 팔색조, 푸른날개팔색조, 푸른머리되새, 할미새 사촌 항라머리검독수리, 호랑지빠귀, 호반새, 호사도요, 호사북방오리, 호사비오리, 흑고니, 홍방울새, 홍비둘기, 황금새, 황로, 황새황오리, 회색가슴뜸부기, 회색기러기, 회색머리아비, 회색머리지빠귀, 후투티, 흑꼬리도요, 흑로, 흑비둘기, 흰갈매기, 흰기러기, 흰꼬리수리, 흰날개해오라기, 흰눈썹뜸부기, 흰눈썹물떼새, 흰눈썹바다오리, 흰눈썹울새, 흰눈썹황금새, 흰등밭종다리, 흰매, 흰머리기러기, 흰목딱새, 흰물떼새, 흰배멧새, 흰배지빠귀, 흰부리아비, 흰비오리, 흰뺨오리, 흰수염바다오리, 흰얼굴기러기, 흰얼굴아기오리, 흰올빼미, 흰이마검둥오리, 흰점찌르레기, 흰제비갈매기, 흰죽지꼬마물떼새, 흰죽지수리, 흰줄박이오리, 흰턱제비, 흰털발제비

이상 소개해 드린 친구는 족보에 있는 친구들이지만 혹시 빠졌다고 섭섭해하지 마세요.

무슨 말씀을 덕분에 좋은 공부 많이 했다. 꽃들은 가까이 있어서 알고 있었지만 너희들에게 좀 소원해서 미안하다. 앞으로 춤도 많이 추고 고운 목소리로 노래도 불러 다오.

- 浩然의 自然觀察 -

이왕 시작한 것 곤충과 동물도 알아봅시다.

우리는 지구촌에 같은 생명체로 살면서 너무 모르고 살아왔습니다.

- 지구상에는 식물의 종류: 30여만 종
- 동물의 종류: 150만 종

곤충은 동물계 절지동물문 육각아문에 속하는 무척추동물로, 지구상에서 가장 번성한 동물군 중 하나입니다. 곤충은 고생대 데본기부터 출현해 현재까지 다양한 종이 존재합니다. 곤충은 약 30개의 목으로 구분되며, 주요 목에는 다음과 같은 것들이 있습니다.

- 딱정벌레목: 딱정벌레, 사슴벌레, 반날개 등이 포함됩니다.
- 나비목: 나비, 나방 등이 포함됩니다.
- 파리목: 파리, 모기, 진드기 등이 포함됩니다.
- 벌목: 벌, 말벌, 개미 등이 포함됩니다.
- 노린재목: 노린재, 매미 등이 포함됩니다.

이 외에도 메뚜기목, 잠자리목, 흰개미목이 있고, 한국의 곤충에는 검정말벌, 고운점박이푸른부전나비, 권연침벌, 남방제비나비, 넓적배사마귀, 넓적사슴벌레 등 한국에 서식하는 다양한 곤충들이 소개되어 있습니다.

동물의 종류는 크게 다음과 같은 주요 분류군으로 나눌 수 있습니다.

척추동물

- 포유류: 사람, 개, 고양이, 돼지, 소 등
- 조류: 닭, 오리, 참새, 독수리 등
- 파충류: 뱀, 도마뱀, 악어 등
- 양서류: 개구리, 도롱뇽, 두꺼비 등
- 어류: 상어, 참돔, 연어, 메기 등

무척추동물

- 절지동물: 곤충, 거미, 갑각류(새우, 게) 등
- 연체동물: 달팽이, 조개, 오징어, 문어 등
- 극피동물: 불가사리, 성게, 해삼 등
- 편형동물: 플래너리아 등
- 원생동물: 아메바, 파라미슘 등
- 기타 동물

해면동물

- 자포동물: 산호, 해파리 등
- 선형동물: 선형동물문 등

이처럼 동물은 척추 유무, 체형, 서식지 등에 따라 매우 다양한 분류군으로 나뉩니다.

우리의 친구(반려견)를 소개합니다

우리나라도 애완견 인구가 2023년 기준으로 약 1,306만 명에 달하며, 전체 가구의 25.4%가 애견을 양육하고 있습니다.

사람들은 원하는 역할에 알맞도록 오래전부터 개에 대한 품종(Dog breed) 개량을 해 왔습니다. 근대의 품종 분류는 영국에서 시작되어 여러 나라로 전파되었고, 영국 애견협회는 개의 품종을 크게 사냥개인가 그렇지 않은가로 나누었는데, 사냥개는 건독, 하운드, 테리어로 나누고, 개로는 유틸리티, 페스러럴, 토이 종을 포함한 7개 종으로 나누고 있습니다. 미국애견협회는 하운드, 스포팅, 테리어, 논스포팅, 워킹, 허딩, 토이, 미설레니어스 등 8개 종으로 구분하고 있고, 한국애견협회는 미국의 품종 구분에 한국 종을 추가로 넣어 분류하고 있습니다.

한국 종 가운데 진돗개와 풍산개, 삽살개가 천연기념물로 지정되어 있고, 경주개 동경이, 제주개 등에 대한 천연기념물 추가 지정이 추진되고 있습니다.

소형견
말티즈, 포메라니안, 프렌치, 불도그, 치와와, 비글, 요크셔 테리어,

닥스훈트, 퍼그, 시츄, 테리어견, 스피츠, 일본 스피츠, 독일 스피츠, 푸들, 시바견, 아키타견, 스키퍼키, 잉글리시 코커 스패니얼, 라사압소, 복서, 달마티안, 미니어처 핀셔, 브뤼셀, 그리펀, 레케노아, 테뷰런, 잭 러셀 테리어, 오스트레일리안 실키 테리어, 풍산개, 삽살개, 실용견, 보스턴 테리어, 티베탄 테리어, 토이 푸들, 미니어처 슈나우저.

중형견

비숑프리제, 보더콜리, 사모예드, 웰시코기, 진돗개, 차우차우, 시베리안 허스키, 불 테리어, 그레이트 피레니즈, 핏불 테리어, 말리노이즈.

대형견

래브라도 리트리버, 저먼 셰퍼드, 골든 리트리버, 티베탄, 마스티프, 체서피크, 베이 리트리버, 플랫 코티드 리트리버, 컬리 코티드 리트리버, 도사견, 블러드하운드, 불마스티프, 마스티프, 말리노이즈, 벨지안 십도그, 도베르만 핀셔, 자이언트 푸들, 캉갈, 그레이 하운드, 그레이트 데인.

수많은 품종이 있지만 한국 사람들이 특히 좋아하는 친구들을 소개하였습니다.

각 지방 사투리를 나열해 보겠습니다.
추리고 추려서 모아 보았습니다.

추억을 추억 나게 어릴 적 두고 온 고향 생각 하시며 천천히 음미해 보세요. 특히 문어체와 구어체를 혼용해 쓰는 것은 경상도 사투리의 특징입니다. 자세히 관찰하니 전라도 충청도는 중복되는 단어가 많았습니다.

경상도 사투리

가래이-가랑이

가리미- 가르마

가마이- 가마니

가매- 가마

가가가가?- 그 아이가 그 아이인가?

가여- 간다(대개의 경우 아랫사람에게 사용)

가직하다- 가깝다

갈바람- 남서풍(하늬마파람은 쓰지 않음)

갈치다- 가르치다

갈구치다- 방해되다

갋다- 참견하다, 애써 껴들다

개겁다- 가볍다

개방내이- 개망나니

갱분- 강변

거랑 (거렁)- 도랑, 개천

거렁자- 그늘

거무- 거미

건디기- 건더기

게랍다- 가렵다

게잡다- 가깝다

고개말레이- 고갯마루

고단새- 금세, 그렇게나 짧은 시간에

공구다- 받치다

구디아- 덩이(거창)

구루분- 크림, 화장품(의성)

굴쿠다- 그렇게 하다(네가 그렇게 하니까 내가 그렇게 하지)

궁디아- 궁둥이(거창)

귀퉁베이- 뺨(의성)

귀타- 귀퉁이

그카이- 그렇게 하니까(부산)

기궁- 구경(거창)

기릅다- 부족해서 아쉽다

까꾸래이- 갈고랑이(거창)

깨끌막지다- 경사가 가파르다(대구)

꼬장개이- 너무 굵지도 않고 길지도 않는 막대기(대구)

꼭두배이- 꼭대기

끄낵기- 끈(의성)

끄티(끈티)- 끝

남사시럽다- 남 보기 창피하다(대구)

낭게- 나무에(대구)

내미- 냄새

내삐리다- 내버리다(부산)

냉기다- 남기다(산청)

널짰다- 떨어뜨렸다(의성)

논가리다- 의논해서 나누다(대구)

높바람- 북쪽에서 불어오는 바람

높새바람- 북동풍

높하늬바람- 북서풍

누부- 누나, 누이(부산)

닝기다- 넘기다(거창)

다글리다- 들키다(의성)

단디이- 야무지게, 빈틈없이(대구)

담부랑- 담벼락(거창)

댁빠리- 머리의 낮춤말(의성)

데불고 가라- 데리고 가라(경상도)

도배다- 훔치다(오배다)(대구)

대라지다- 시건방지다

돌가라- 시멘트

돌디이- 돌덩이(거창)

돌뻬이- 돌

디다- 고되다, 고단하다(대구)

디게- 매우, 몹시(대구)

따까리- 뚜껑

떵가먹다- 떼어먹다(경상도)

롱갈라묵기- 나누어 먹기(경상도)

마디다- 깐깐하다, 물량이 적으나 소모가 효율적이다 (대구)

마파람- 남쪽에서 불어오는 바람

막디이- 막둥이, 혹은 대답만 하면서 실제로 행동은 하지 않는 사람
(대구)

막카- 모두(의성)

말레이- 고갯마루, 조금 높은 언덕(대구)

매매- 단단히(부산)

맥지- 괜히(의성)

머이- 먼저(남보다 먼저 해라)

모티이- 모퉁이

몰개- 모래

밥떠끼리- 밥알(거창)

밥부재- 보자기(대구)

배막디이- 대답만 하고 행동은 하지 않는 사람(대구)

버큼- 거품(거창)

부석- 부엌(의성)

비루빡- 벽(의성)

비알- 비탈(대구)

보굴난다- 성난다

불버하다- 부러워하다

빠마대기- 뺨, 따귀(거창)

뺏득하머- 걸핏하면(대구)

삐데다- 밟다, 발로 짓이기다(대구)

삽지껄- 사립 앞, 집 앞의 골목(의성)

상구- 이후 내내, 계속해서(대구)

상그랍다- 두렵고 긴장되다(대구)

새그랍다- 시다(시그럽다 〈 새그랍다)(대구)

샛마파람- 남동풍

새근- 철, 판단력

샛바람- 동쪽에서 부는 바람

수금포- 삽(대구)

시껍하다- 뜻밖에 놀라 겁먹음

시부지기- 슬그머니

숨캅시다- 숨겨 둡시다(산청)

숭구다- 심다

식아뿐다- 식어 버린다(산청)

실무시- 슬며시(부산)

심시막끔- 제각각, 따로따로(의성)

쌔비렀다- 흔하다, 흔하고 많다(대구)

아래- 그저께(의성)

아물따나- 아무렇게나(대구)

안주까지- 아직까지(의성)

알분시럽다- 몰라도 되는 것을 참견하여 알려고 하다(대구)

엉기난다- 진저리난다 지긋 지긋하다

엉성시럽다- 지긋지긋하다

애저녁- 이른 저녁

앵가이- 어지간히(부산)

앵기다- 덤비지 마라! 안겨라(경상도)

얍삽하다- 간사스럽다(의성)

여사로- 쉽게(부산)

우구리다- 접다 (부산)

이자뿐다- 잊어버린다(부산)

이적지- 아직까지, 이때까지(의성)

이 쫌 젤마 주이소- 이것들 좀 가르쳐 주세요(경상도)

이카마- 이렇게 하면(산청)

인지사- 이제는, 이제야(의성)

자물시다- 까무러치다(대구)

저아래- 그끄저께(의성)

전디다- 견디다(대구)

전주다- 조준하다(의성)

정낭, 통시- 화장실(의성)

지나게나- 아무나(의성)

지리기- 길이

쪼가리다- 쪼개다, 잘라서 나누다(대구)

쪼매- 조금(의성)

주라- 거스름돈, 그렇게 할 여지

짜다리- 그다지

짜치다- 쪼들리다

천지삐까리다- 주체할 수 없을 정도로 많다, 흔해 빠졌다(대구)

퍼떡- 빨리, 냉큼(부산)

하늬바람- 서쪽에서 부는 바람

항거- 가득(부산)

호부- 겨우

해깝다- 매우 가볍다(대구)

후재- 뒷날(부산)

홀빈하다- 텅 비어 있다(대구)

전라도 사투리

가깡개(로)- 가까우니까

가락(외약)잡아- 왼손잡이

가실- 가을

가심애피- 가슴앓이

가심패기- 명치

가이나- 여자아이

가직허다- 가깝다

각다분하다- 일을 해 나가기가 몹시 힘들고 고되다

각단시럽게- 저마다, 제각각

간나구- 여우나 백여우 같은

간조롬허게- 나란히

갠찬히여- 괜찮아

거라시- 거지 얻어먹는 사람

거시기- 말이 잘 생각나지 않을 때, 잘 표현되는 말이지만 애매할 때 사용

고난시- 괜히

고닥새- 금방, 이내, 찰라

골마리- 허리춤

꽤얀시, 고난시- 공연히. 공연스레

구다본다- 고개를 내밀고 찬찬히 바라본다

그란허먼- 그렇지 않으면

그러제- 그렇지

근다고, 그런다고그란허먼- 그렇지 않으면

근천 떨다- 엄살 떨다, 있어도 없는 것처럼 사람들에게 말할 때

긍게- 그러니까

기언시, 기엉코- 기어이

까끈다- 깍다

꺼정- 까지

끼끈내- 끝내, 끝까지

내쏘다- 내버리다, 일부러 내버리다

널라서- 넓어서럽다

다메- 다음에

다무락- 담

더터 갖고- 더듬어 가지고(샅샅이 뒤지는 것)

더터묵다- 찾아먹다

되작되작- 차근차근 뒤집는다는 뜻

쩸문다, 쩸맨다- 동여맨다

따수아서- 따뜻해서

마동- 그때마다

맨맛헝게- 만만하다

맹키로- 처럼

머근다- 먹는다

멋땀시- 무엇 때문에, 왜?

모타서- 모아서

무단시(무담씨)- 공연히

무담시- 괜스레

무싯날- 장이 서지 않는 날

베랑빡- 방 안의 벽을 말함

베민히- 어련히

보도시- 간신히

보트다- 물이 마르다

뽀분다- 뽑는다(잡초를)

뽀짝 앉어- 바짝 다가앉으라는

뽁대기- 꼭대기

뽈껑- 선뜻(단번에 들어 올릴 때)

산만당- 산꼭대기

살강- 부엌의 찬장

살멩이- 살살

시망시럽다- 몹시 짓궂은 모양

시먹다- 말을 듣지 않는 것

실꾸리- 실패

쌈터- 태어난 곳

아적- 아직

안 헌디끼- 안 한 것처럼

알강생이- 알몸

암디나- 아무 데나

암마또 말고- 아무 말도 말고

암시랑 않다- 아무렇지 않다

애동치- 나이가 어려 보이는 사람

야달- 여덟

야드레- 여드레

야트다- 옅다(색깔)

약꼽쟁이- 구두쇠(꼬꼽쟁이와 같은 뜻)

양냥이- 것질거리

어갈방- 가운데(어중간)

어먼디(어만데)- 딴 데, 다른 데, 엉뚱한 곳

오가서- 안으로 굽어

우새시럽다- 우스개스럽다. 창피하다

워치케- 어떻게

이짜게- 이쪽

점두락- 저물도록

제우- 겨우

지달려 봐- 기다려 봐

지심맨다- 김맨다

지절이다- 크게 걱정스럽다

징허다- 징그럽다

짤룹다- 짧다

째고돔허게- 비슷하게(고개를 째고돔허게 허고서는)

째마리- 제일 상태가 나쁜 것

쪼골트리고- 쪼그리고

찌껭이- 시비를 걸음

쩡게미 붙다- 떼를 쓰며 시비를 붙이는 모양

캔찬히여- 괜찮아

크댄허다- 크다

퉁(얼) 맞다- 면박을 당하다

퉁겁다- 굵다

퉁산이- 머퉁이, 꾸지람 듣다

트메기- 맞뚫려 있지 않은 틈새

트미허다- 투미하다(어리석고 둔하다)

팔꽁생이- 손목과 팔이 접히는 바깥 부분

퍼근히- 편안히 앉아

폭깍질- 딸꾹질

폭폭허다- 답답하다보다 좀더 강한 표현

폴아서- 팔아서

푸접삼아- 소일거리? 삼아

하나시, 하나씨- 할아버지

한피짝- 한쪽

할라- 조차

항께- 여럿이 함께

항커리- 한 켤레

해지름- 해거름

해펑대펑- 함부로 푼푼이

행투- 행동거지

허갱이 빠진- 정신없다는 뜻으로

허떡개비- 외형보다 무게가 너무나 가벼운 것

허천나게- 기저기 흔하게

허풍사니- 실속없이 외형만 큰 것

헐(할)성바래?- 헐(할) 것 같으냐? 못할 것이다는 뜻

헤비다- 긁어 파다

호락질- 자기네 가족끼리만 일을 하는 것

혼차맹이- 혼자같이

혼톳허다- 혼자라 좋다는 뜻

후타리- 울타리

후둥보- 앞뒤가 볼록 튀어나온 사람

훙감떨다- 거짓으로 죽을상을 짓는 것

흘릉게- 흐르다

충청도 사투리

가능겨? -가니?

오츠케- 어떻게

지껄이- 짓

강구- 바퀴벌레

개갈안난다- 시원찮다

으붓에- 계모

탑시기- 먼지

건건이- 반찬

내뻴다- 버리다

냉거지- 나머지

니열- 내일

쓰르메- 오징어

달버(달라)

얼추/거지반- 거의

대근하다- 힘들다

엥가히/대충- 적당히

배까티- 바깥에

배롬빡- 바람벽

허지마 아서- 하지 마

오디께- 어디 근처

솔찬히- 상당히

씨굽다- 쓰다

어느 구름에서 비 올지 모릅니다.
막연한 소망과 기대를 갖고 사는 우리들입니다.

보기 좋은 떡이 먹기에도 좋다

　문고를 방문해 보면 하루에도 수십 권의 신간(新刊)들로 매대가 가득 차 있다. 우리 같은 초딩 책은 매대 구석에 숨어 있어 사람들의 눈에 잘 띄지 않는다. 읽고 싶은 책은 표지부터 다르다. 표지 제목과 디자인이 매우 중요하다. 이번 『아빠의 아버지』 같은 제목을 '해서체'로 했다가 굵은 고딕으로 했고 어머니가 어릴 적 나를 안고 있는 그 사진이 많은 분들로부터 너무 인간적인 강인함이 선택받은 조건 중에 하나였던 것 같다.

　비대면이다 보니 출판사와 의견이 조율되지 않아 조금은 어색했지만 표지 부분 저의 선택은 신의 한 수라고 생각하고 지금도 어머니의 30대 고운 모습을 책상 앞에 두고 매일 같이 대화하고 그리워한다. 내용 중 사자성어(四子成語)나 명언(名言) 격언(格言) 성경(聖經) 법문(法文) 시(詩) 등을 인용할 수 있다. 단 저자가 있는 경우 출처를 확실히 밝혀야 한다. 그것은 예의(禮意)일 수도 있지만 잘못 저작권법에 위촉될 수도 있다.

　어렵고 길게 쓰려고 힘들이지 말아라. 누가, 언제, 어디서, 어떻게, 무엇을, 왜라는 육하원칙(六河原則)이나 학술 발표도 아니고 논술(論述)의 서론(序論) 본론(本論) 결론(結論) 총론(總論) 각론(各論) 따위엔 얽매일 필요가 없다. 생각나는 대로 붓 가는 대로 편하게 하는 게 수필이고 에세이다. 그렇지만 남들이 보는 거니까 형식은 갖춰야 하는 것이다. 서점에 책 잘 쓰는 방법 같은 건 읽지 마라. 방법(方法)도 법(法)이니까 법(法)에 묶여 자유로운 영혼을 놓칠 수 있다.

문법(文法)도 법(法)이니까 신경 쓰지 마라. 주어, 동사, 형용사, 능동태, 부사 등에 마음 쓰면 초보자는 포기할 수 있다. 포기하고 싶을 땐 왜 시작했는지를 생각해 봐야 한다. 어떤 실수보다도 치명적인 실수는 포기하는 것이다. 지금까지 잘해 왔고, 잘 하고 있고, 더 잘 할 수 있을 것이고, 성공은 가장 힘든 때 찾아온다.

재차 말하지만 쉽고 짧게 지루하지 않고 재미있고 깔끔하게 시작하고 끝맺음도 그렇게 해야 한다. 말과 글은 그 사람이고 그 사람이 곧 글이며 그 사람의 인격이 포함되어 있다. 여러분께서는 어떠신가 모르지만 책을 받아든 순간 단 몇 페이지라고 읽고 두는 것과는 다르게 처음부터 처박아 두면 잘 안 읽게 된다. 마치 신문이 하루 지나면 구문이 되어 읽기 싫은 것과 같다.

글 쓰는 습관 기르세요

성장 마인드로 도전하면 실패를 배움의 기회로 삼게 됩니다.

글 쓰는 시간을 고통으로 생각 마시고 힘든 만큼 나만이 가질 수 있는 행복한 순간순간의 즐거움이라 자부심을 느끼시고 꾸준한 연습과 PC, 모바일, 아날로그 등 다양한 플랫폼을 활용하는 것도 좋습니다. 문장의 구조를 개선하고 긴 문장을 짧고 간결한 문장으로 나누어 쓰는 연습을 하면 좋습니다. 독자의 관심과 몰입감을 높이기 위해 스토리텔링의 기술을 익히고 문장의 구성 요소를 잘 활용하여 연습하는 것도 중요합니다. 글을 쓰는 것도 중요하지만 독서 역시 중요합니다.

공자(孔子)가 말한 '명심보감'에 나오는 유명한 구절인 일일부독서 구중생형극(一日不讀書 口中生荊棘) 하루라도 글을 읽지 않으면 입안에 가시가 돋는다는 말은 단순히 책을 읽어야 한다는 의미를 넘어, 독서를 통한 자기 수양과 성장의 중요성을 강조하는 것이라고 볼 수 있습니다.

독서 습관 기르세요

독서 습관을 기르기 위해서는 다음과 같은 방법들이 도움이 됩니다.

휴대폰이나 유튜브 때문인지 몰라도 현대인들 심심했으면 했지 절대로 책을 보지 않는 분들이 많이 계십니다. 책을 처음부터 끝까지 읽어야 한다는 강박(强迫)에서 벗어나야 합니다. 책의 머리말이나 목차만 봐도 내용을 짐작할 수 있고 많이 읽다 보면 쉽게 읽는 습관이 됩니다.

규칙적인 시간을 정해 독서하는 습관을 기르고 바쁜 경우엔 문고판 등 간단한 책을 활용하여 틈틈이 읽는 습관을 들이는 것도 좋으며 TV, 스마트폰 등 독서를 방해하는 요인을 피하고, 자신의 관심사와 취향에 맞는 책을 선택하면 독서에 대한 흥미와 동기가 높아질 수 있고 바쁜 일상 속에서도 하루에 10~30분씩 꾸준히 책을 읽는 독서 습관을 기를 수 있습니다.

앞에서도 이야기했지만 '몰입'은 훈련과 습관 집중이 필요합니다. 몰입하면 숨어 있던 생각과 추억들도 스물 스물 기어나옵니다. 몰입은 즐거움과 특별한 감정을 동반하는 놀라는 경험입니다. 또 인생을 이야기했는데 '어떻게 살아도 후회한다. 이렇게 살아도 후회하고 저렇게 살아도 후회한다'는 그 말에 저도 동의합니다. 저의 경우 몰입 훈련 중 『예수의 기도』(마크 존스 저, 오현미 역)라는 책이 성경에 기록된 예수의 기도를 분석하고, 그 기도의 내용과 구조를 통해 예수님의 본질을 이해하고 일상의 잡다한 생각을 정리하며 기도에 집중하도록 이끌어 줍니다.

여기서 궁금한 것이 있어 『몰입』을 쓰신 저자에게 문의하였습니다.

그러면 '몰입'이 먼저인지 '집중'이 먼저인지 몰입의 지경이 되어야 '집중'이 되는지 '집중' 후에야 '몰입'이 되는지 물었지만 저자의 답은 없었습니다. 이메일 수신까지는 읽음 표시가 되었는데 아마 저자분께서도 이 질문은 아리까리했나 봅니다. 여러분께서 우문(愚問) 같지만 저에게 현답(賢짭)을 주시기를 고대하겠습니다.

또 한 권의 책은 저자가 확실하지 않은 건데 서울대학교 종교학과를 졸업하고 맥 매스트(McMaster) 대학교에서 종교학 박사학위를 받은 오강남 교수의 『기도』입니다. 짧지만 반복적으로 또 반복적으로 기도를 외우면 어느새 자신도 모르게 깊은 경지에 들어가게 됩니다. 몰입과 집중은 바늘과 실 같은 것입니다. 정신일도 하사불성(精神一到 何事不成) 이 말은 우리의 나약한 정신을 붙들어 줄 수 있습니다.

줄거리는 러시아에서 여인숙을 운영하는 사람이 젊은 시절 몸을 다쳐 장애자로 있는데 부모는 일찍 돌아가시고 결혼하여 아들도 낳았는데 결국은 아내와 아들마저 죽고 인생의 의문이 생겨 성경 데살로니가 5장 17절에 '쉬지 말고 기도하라'는 말씀에 사람이 어떻게 쉬지 말고 기도할 수 있나 밥도 먹고 일도 하고 잠도 자야 되는데 이 의문을 풀고자 신부님께 물었지만 대답은 못 얻고 문제만 남아 영적인 순례자의 길을 떠나게 됩니다.

수도원 원장을 만나게 되는데 원장님께 이 문제의 답을 찾아 걷고 있다고 했더니 그러면 일천 번씩 묵주를 가지고 '주예수 그리스도 내게 자비를 베푸소서'를 외우라고 했습니다. 다음 주에는 이천 번 다음 주엔 사천 번 다음 주엔 팔천 번 이렇게 했더니 자는 동안 한없는 은

혜의 경지에 몰입하였다는 이야기입니다.

우리나라 도서관은 무조건 '정숙' '침묵'을 강조하는데 사람들이 카페에서 책 보는 것을 즐기는 것은 적당한 소음(음악)이 있어서 그런 겁니다. 글을 쓸 때도 이런 환경을 추천드립니다. 묵상 기도 역시 입을 닫고 하는 것보다 내 소리가 내 귀에 도달할 때가 집중하기 좋은 상태입니다. 저는 예수의 기도가 비록 글자 수로는 16자밖에 안 되지만 반복적으로 하므로 저의 골방 기도가 잡념도 없어지고 '몰입'의 단계로 집중할 수 있게 되었습니다.

기도한다고 조용히 묵상하고 있으면 여러 가지 잡다한 생각 때문에 기도줄을 잡을 수 없었는데 이번 예수의 기도를 통하여 신비한 경험을 얻었고 '주예수 그리스도 내게 자비를 베푸소서'를 넉넉히 100번 정도 하시면 그 전에 저와 같은 경험을 할 것입니다. 책을 집필하시기 전 꼭 한 번씩 해 보시라고 권해 드리고 싶습니다.

책을 읽고 나서 핵심 내용을 정리하거나 자신의 생각을 적어 보는 활동을 하면 책 내용을 더 깊이 있게 이해할 수 있으며 가족이나 친구들과 책 내용에 대해 이야기를 나누면 독서에 대한 흥미가 높아질 수 있습니다. 뿐만 아니라 독서 모임에 참여하여 다양한 사람들과 책에 대한 의견을 교환하면 독서 습관 형성에 도움이 되고 규칙적인 독서 시간 확보, 방해 요인 제거, 자신에게 맞는 책 선택, 독서 활동 다양화 등 다양한 방법을 활용할 수 있습니다.

무엇보다 평소 꾸준한 공부와 경험이 제일 좋은 선생님입니다.

가고 싶고, 보고 싶고, 듣고 싶고, 먹고 싶고, 쉴 때 쉬고 갈 때 가는 자유로움을 느껴봅시다. 사람 앞에서 이야기 해보지 못한 경험도 산 위에 올라가서 소리도 쳐보고 시원한 느낌도 가져보세요. 듣기 좋은 꽃노래도 한두 번이라고 합니다. 같은 이야기 반복하지 말고 흘러간 물은 물레방아를 돌릴 수는 없습니다.

> 책을 두 권 읽은 사람이 책을 한 권 읽은 사람을 지배한다.
>
> - 에이브러햄 링컨 -

생각나지 않을 땐 즉시 멈추세요

요놈의 생각이란 게 날아다니고 금방 사라져요. 생각이 날 때까지 파내고 짤 때까지 짜봅시다. 생각이 맴돌 땐 잽싸게 낚아채 메모지에 옮겨 놓으세요. 메모도 습관입니다.

메모는 듣기와 쓰기의 좋은 기술이고 생각을 창고에 보관하는 것입니다. 자다가 생각난 걸 아침에 기억나지 않을 땐 낚시꾼이 월척을 놓친 것과 비교할 수 있을까요? 하기야 메모지 찾으러 가는 순간에도 사라지기도 하니까 꼭 챙기세요. 뇌의 구조는 쓰고 닦아야 생성됩니다. 확실한 것은 생각은 할수록 샘솟습니다. 맞춤법이나 띄어쓰기 표준어 등에 신경 쓰고 어렵게 생각하시는데 걱정 마세요. 네이버에 가면 맞춤법 검사기를 돌리고 띄어쓰기, 심지어 통계적 교정까지 도와주니 얼마나 좋은 세상입니까?

공상이든 망상이든 허상이든 엉뚱한 생각도 많이 하시고 물구나무 서서 세상을 거꾸로 보세요. 엉뚱한 상상의 생각도 즐겨보세요. 생각은 논리적이고 언어적인 정신 활동으로 문제해결 의사결정 창의적 사고 등에 활용되고 현실에 기반하여 구체적이고 실용적인 성격을 가집니다.

사상의 본질보다 평범하고 통속적인 일을 세밀히 묘사하려는 태도와 진부한 것 주관적이고 개성적인 정서를 표현하거나 추구하는 정신 및 문체로 고유 명사, 시간·공간의 한정, 사상 등과 관계없이 정취를 나타내는 서정성(Lyricism)으로 표현할 수 있습니다. 상상은 현실을 초월하여 새로운 아이디어와 개념을 만들어내는 정신 활동이고 현실과 동떨어져 있을 수 있지만, 창의성의 원천이며 상상에는 상상 공상 망상 등 다양한 유형이 있습니다.

따라서 상상과 생각은 서로 보완적인 관계이며, 창의성 발휘를 위해서는 두 가지 모두 중요합니다. 글을 쓰는 사람은 상상을 즐겨야 합니다. 같은 말이라도 내가 하면 별것 아니지만 공자나 소크라테스가 이야기하면 근사하게 들립니다. 어차피 우리 같은 초짜들은 세상을 뒤집어 보여줘야 합니다.

저는 이런 생각도 가끔 해 봅니다.

사찰에 스님이 법복 대신에 양복 입고 경내를 거닐고 계시다면 어떨까?

두루마리 한복에 갓 쓰고 오토바이 타면 어떨까? 남자들이 화장도 하고 귀걸이도 하면서 더울 땐 원피스도 입고 립스틱도 바르면 어떨까? 하늘이 검은색이고 바닷물이 보라색이면 산에 나무들이 초록 대신에 보라색이라면 인간들은 전부 정신병자가 되겠지요?

글을 쓰는 장소는 은밀하고 조용한 곳보다 적당한 소음이 있으면 심리적으로 안정을 가질 수 있어요. 음악과 함께하면 좋겠지요. 현상보다는 본질을 꿰뚫어 보아야 합니다. 책도 가리지 말고 이것저것 보세요. 만화도 좋아요. 무협지도 만평도 성경도 신문도 제목만이라도 보세요. 엉뚱한 것이 창의입니다. 창작의 세계는 새로운 길을 개척하며 남과 다른 생각을 해야 합니다.

중간중간 유머와 에피소드(episode)나 시(詩) 유머 이슈(issue) 명언 등을 넣어 쉼을 주시고 읽는 분이 마음속으로 미소를 짓게 하세요. 세상은 어렵고 힘들어요. 내 글을 통하여 재미와 웃음 위로를 받게 하세요. 내가 하지 못한 말과 생각을 책으로 말해 보세요. 성급하거나 조급증 내지 말고 오늘도 내일도 꾸준히 쌓아 가는 겁니다.

글이란 게 언제나 생각나고 쓰여지는 게 아닙니다

詩는 제철 음식같이 맛이 있어야 합니다. 현재의 감정을 옮기는 것입니다. 계절은 봄인데 겨울에 관한 것을 표현하고 싶어도 감성이 살아나지 않아 도저히 쓸 수가 없어요. 그 계절 한가운데 있어야 합니다. 아내에게 이야기했더니 그림도 마찬가지라 합니다. 그래서 예술의 세계는 이성보다는 감성, 감성보다는 미지의 공간을 여행하는 기분입니다.

글 쓰기 중 한 번씩 쉬며(間) 문장을 다듬고 생각이 나지 않을 땐 지체 말고 멈추세요. 글 쓴다는 '글' 자도 생각 마세요. 쉬면서 차(茶) 마시고 공원 산책도 하고 하늘도 한번 쳐다보시고 친구와 전화하고 만나서 잡담도 나누고 가능하시다면 여행이 제일 좋은 동무가 될 겁니다. 이틀도 좋고 삼일도 좋고 일주일도 좋습니다. 음악을 듣는 것도 좋아요. 제 경우는요 2층 사무실에 올라가서 오디오 볼륨 9시까지 틀어놓고 듣고 또 들어요. 이럴 땐 신나는 노래가 좋아요. 어제는 Engelbert Humperdinck 의 Spansh Eyes나 Elvis Presley, Bruno Mars, 보헤 미안 랩소디 공연이나 닥치는 대로 듣다 보면 오히려 마음에 평정심을 찾아요.

그러다 보면 어느 날 갑자기 땡긴다고 하지요. 글 쓰고 싶어 안달이 납니다. 잠에서 깨었을 때 그런 일이 생기면 날이 빨리 밝기를, 길을 가다 그런 생각이 들면 당장 집으로 달려가고 싶습니다. 땡길 때가 배 고픔입니다. 그땐 폭풍 흡입해도 체하지 않아요. 그 순간은 놓치지 마세요. 생각 밖에 진도가 잘 나갈 겁니다.

자신이 쓴 글을 노트북으로만 보지 마시고 꼭 A4 용지에 프린터 해서 보거나 녹음을 해서 들어 보세요. 모니터는 앞에 것만 볼 수 있다면 프린터 한 것을 보면 공중에서 지상을 보는 것 같이 지나온 것만 아니라 멀리 볼 수 있습니다. 내가 쓴 글을 자주 읽어 보세요. 또 문서를 읽어주는 앱도 있습니다. 지긋이 눈을 감고 감상도 해 보세요. 새로운 내용과 문장으로 발전할 수 있어요. 그렇다고 거기에 몰입하게 되면 내가 쓴 글을 시집 보낼 수가 없어집니다. 글 쓰신다고 너무 골몰하고 방에만 있으면 소위 말하는 히키코모리(引き籠もり) 은둔형 외톨이로 빠질 수도 있습니다.

생각을 글로 옮기면 자신이 지금 어디로 가고 있는지, 지금까지 어디에 있었는지, 나아가 얼마만큼 걸어왔는지를 스스로 평가할 수 있다.

- 랜딜 블레이크 미첼 -

네, 문학도 예술의 한 분야입니다.

예술가는 인고의 세월을 수없이 견디며 수많은 고민과 외로움을 견디며 지도(地圖)에 없는 새길을 그려 내는 것입니다. 창의적인 사고를 통해 창조적인 결과물을 만들어 내는 것이 중요합니다. 나로 인하여 누군가에겐 꿈이 되고 친구가 되고 희망을 줄 수 있습니다. 물론 책임감도 느껴야 합니다.

문학에도 장르가 있나요?

네, 문학에도 다양한 장르가 존재합니다.

문학 장르는 문학 작품의 문체, 주제, 길이 등의 특성에 따라 구분되며, 추상적이고 포괄적인 유형부터 구체적인 하위 장르까지 다양하게 분류됩니다. 구분은 유동적이며, 시대에 따라 변화하고 아리스토텔레스의 이론을 바탕으로 발전해 왔습니다.

문학 장르의 유형은 크게 산문과 운문으로 나뉩니다.

산문 장르에는 소설, 수필, 기사문학 등이 있고 운문 장르에는 시, 노랫말, 신화 등이 있으며 이 외에도 희곡, 아동문학, 우화 등이 있고 최근에는 판타지, 도시 판타지, 로맨스 등의 하위 장르도 이어지고 문학 장르는 시대와 문화에 따라 지속적으로 변해왔고 한국 문학은 1세대부터 4세대까지 다양한 장르 소설이 등장했습니다.

이럴 수도 있겠네요?

세상에는 시, 산문, 에세이, 콩트, 유머 등이 수없이 많은데 그런 좋은 작품을 읽고 듣고 보고는 싶은데 현대인은 시간이 없거나 못 찾아서 읽지 못하는 사람들이 많습니다. 그분들을 위해 단편 소설이나 연설문, 설교, 시(詩), 에세이, 명언 등 훌륭한 작품들을 잘 정리하시면 귀한 자료일 뿐더러 독자분들게 많은 사랑을 받을 수 있겠습니다. (옮겨 올 땐 당연히 저자는 표시해야 되겠지요.)

나날이 발전하는 가전제품 설명서도 있잖아요. 요즈음 나오는 기계들은 기능도 복잡하고 TV, 리모컨, 세탁기, 카메라, 내비게이션, 건조기, 특히 자동차는 전기차 하이브리드 등 신차들의 사용 설명서는 책으로 한 권이나 되다 보니 보통 사람들이 습득하고 익히기가 여간 어렵지 않은데 여기저기 찾는 것보다 우리 생활 주변의 흩어져 있는 사용설명서를 한 권의 책으로 발간해도 호응이 뜨거울 것 같습니다. 매일 같이 업데이트되는 환경에서 카톡, 유튜브 역시 진화하고 있고 chat-GPT의 사용 방법도 함께 한곳에서 쉽게 읽어 볼 수 있도록 풀어서 책으로 집대성하여 만들어 보시면 좋은 책이 될 것 같습니다.

사이 간(間)과 쉼

간(間)은 '공간', '틈', '여백' 등을 의미하고, 물리적 시간적 관계의 틈새 등을 포함하는 개념이고, 미학적, 철학적 개념으로 여겨지며, 쉼은 신체적, 정신적 휴식, 스트레스 해소, 에너지 재충전, 삶의 균형 유지 등에 도움이 되고 몸과 마음의 건강을 유지하는 데 필수적입니다.

빛은 들어오고 소리가 들려오는 틈이고 글 쓸 때 '간'은 띄어쓰기 관계, 사이 선택을 나타내는 의존명사일 때는 띄어 쓰고 명사에 붙어 합성어로 굳어 있을 때는 붙여서 쓴다. 현대인에게 쉼이란 몸도 마음도 정리하는 시간이다. 시간적 의미의 간(間)은 '쉼'과 관련이 깊으며 '쉼'은 일정한 시간 동안 휴식을 취하는 것을 의미하기 때문입니다.

찰 만(滿)은 '가득 차다'는 의미를 가진 한자로, 물리적 상태뿐만 아니라 감정적 만족감이나 풍족함을 표현하는 데에도 사용되며 일상에서의 행복감과도 연결됩니다. 예술, 문학, 철학 등 다양한 분야에서도 사람들의 삶의 질과 행복을 강조하는 데 기여하고 있습니다. 이렇게 쉼도 있지만 우리 마음에는 언제나 가득 채우려는 본성이 있습니다. 글도 마찬가지로 공백이 있어야 여유가 생기는 것입니다. 저는 세상 살면서 불가근불가원(不可近不可遠)이라는 단순한 여섯 글자에 지나지 않지만 사람과의 관계도 이래야 한다는 진리를 터득했습니다.

순서도 매우 중요합니다

소설의 구조는 서론(Introduction) 전개(Rising Action) 클라이맥스(Climax) 결말(Falling Action) 결론(Resolution) 일반적인 순서로 진행되지만 에세이는 단편이기 때문에 소재마다 내용도 다르고 이야기의 흐름이 중요합니다.

중복도 피해야 하고 시작과 끝나는 내용들이 자연스럽게 물 흐르듯이 목차도 정렬되어야 합니다. 배열과 정렬은 주어진 배열의 요소들을 특정한 기준에 따라 순서대로 나열하는 과정입니다. 일반적으로 오름차순(작은 것부터 큰 것) 또는 내림차순(큰 것부터 작은 것)으로 정렬합니다. 여기저기 우왕좌왕하다 보면 독자는 손으로 하는 작업이 아니고 읽고 쓰는 것이기 때문에 정신세계가 오락가락하여 책을 읽다가 중도 포기하는 경우가 생깁니다. 경험담이지만 생각날 때마다 여기저기 모아 두었던 자료들을 목차 순서대로 올려야 하는데 앞뒤 정렬과 배열이 매우 어려웠고 에세이가 한두 개가 아니고 에세이집을 만들어 필요한 자리에 앉히려니 결코 만만한 작업이 아니었음을 고백합니다.

책을 쓰면 수고와 고통이 있나요?

산고의 고통을 느껴 본 사람만이 승리의 영광 환희의 기쁨을 맛볼 수 있는 자격을 가지게 됩니다. 새벽 어둠을 가르고 호미와 삽과 지게를 올려 메고 밭으로 가는 농부는 가을걷이 약속을 믿는 것입니다. 가뭄과 홍수를 이겨 내듯이 내 책이 어느 누군가에게 읽혀질 그날을 생각하면

오늘도 한 장 한 장 늘어나는 페이지에 더더욱 용기가 생깁니다.

우리 앞에 불가능이란 없습니다.

남들보다 출발점이 다르고 어려운 상황이라면 힘은 들겠지만, 꿈을 포기하지 않고 노력한다면 결국 성공이라는 열매가 기다리고 있을 겁니다. 큰일을 위해서 대단한 도전을 요구하지 않고 단지 순간순간의 작은 도전들이 모여서 위대한 일을 이루어갑니다. 버려진 돌들도 주워 쌓으면 돌탑이 됩니다.

> 구하라 그러면 너희에게 주실 것이요. 찾아라 그러면 찾을 것이요. 문을 두
> 드리라 그러면 너희에게 열릴 것이니.
>
> - 마태복음 7장

유머(Humor) 1

올해는 첫 만남

내 기억으론 작년 12월인 것 같다 그치? 그때 갔다가 오늘 처음 온 거지?

맞지?

오늘이 사월 말이니 예년보다 두 달 정도 빨리 온 것 같다. 니가 정 탐꾼이야? 선발대로 온 거야?

보자 하니

내가 말을 걸어도 대답도 안 하고 초면인데 뭐를 그렇게 잘못했기에 두 손 모아 그렇게 비니? 세수 좀 하고 다녀라. 맨날 시커멓게 해 가지고 옷도 없냐. 언제나 검정색 위장하고 다니니? 너는 메이크업도 안 하니? 코로나에 마스크도 안 하고 보건소 직원 보면 벌금한다.

좀 있으면 떼로 몰려 다닐 건데 집도 없냐. 원룸도 많은데 적당한 곳에서 기다리다가 밥이나 먹고 잠이나 자고 가면 되지 꼭 내가 싫어하는 짓만 골라 하더라. 요즈음은 밤낮 가리지 않고 내가 차를 타고 가면 언제 왔는지 먼저 와서 창문에 붙어 있더라. 방에 가면 침대에 먼저 와있고 작년에 너 때문에 자동차 사고 날 뻔했다. 다른 사람에게 물어봐라. 그런 사람이 한둘이 아니더라.

갈 때 안 갈 때를 구분해야지 우리 손주 낮잠 잘 때 왜 건드려 더더욱 약 올리는 건 뭐냐. 밥 먹을 때마다 꼭 네가 먼저 오더라. 나하고 나와바리(なわばり) 정해 놓고 딜 걸었잖아. 식탁에 앉지 말고 내 몸에 붙지만 않으면 서로 간섭하지 않기로 했잖아.

이런 너를 우리는 불청객이라고 한다. 너 이거 파리채라고 들어 봤니?

유머(Humor) 2

한여름의 전쟁

"밤새 괴롭혔으면 됐지, 여기까지 따라와서 도대체 왜 그래?"

"하루 이틀도 아니고 여름내 따라다니며 나한테 애먹이고 무엇이 부족해? 어제저녁도 그랬잖아. 스토킹 수준도 넘었잖아. 벌써 몇 해째야? 어디다 호소할 데도 없고 경찰에 신고할 일도 아니지만 설령 내가 신고하면 웃으면서 '할아버지가 참으세요'라고 하겠지?"

"그래, 너는 낮엔 방구석에 숨어서 널브러져 자겠지만 나는 그래도 할 일이 있잖아?"

"도대체 네 소속은 어디야?"

"이 아침 공기 좋고 조용한 곳에 올라와서 쉬려고 왔는데 너무한 것 아니야?"
"한번 생각해 봐. 내가 너하고 같이 놀아줄 군번이 아닌 건 너도 알잖아? 당장 피를 봐야 알겠니?"
"나야 뭐 너를 당장 없애 버릴 수 있지만 너는 생사가 달린 문제잖아."

그래서

"참아 준다."

"하기야 너도 먹고살려고 하는 짓이지만 지금이라도 조용히 나를 떠나다오."

이제 인내심의 한계를 넘은 것 같구나. 한 번만 더 와서 손등에만 앉아 봐라. 네가 내 피를 빨기 전 한방에 조질 끼다.

하루살이라고 지금까지 참아 왔는데….

- 모기와의 戰爭中 -

유머(Humor) 3

모기가 죽어서 하나님 앞에 갔습니다.

피가 터져 죽은 것이 너무나 억울한 모기가 하나님께 하소연했습니다. 모기는 하나님께 자신이 호소했습니다. 모기는 피를 빨아먹는 것이 자신의 본능이었는데, 이로 인해 죽게 되어 억울하다고 말했습니다.

하나님의 답변

하나님은 모기의 하소연을 듣고 답변했습니다.

하나님은 "파리는 항상 손을 싹싹 핥으며 빌고 하는데, 너희 모기는 그렇지 않다. 그래서 너희가 죽는 것이다."라고 말씀하셨습니다.

책을 출간하고 난 다음

내 주위의 분들은 내가 책 출간한 것 알 텐데 각자의 반응은?

친구 1: 보고 듣고도 아는지 모르는지 입 딱 닫고 있다

친구 2: 너 책 출간했다며? 축하해 만나면 차 한잔 사 줄게

친구 3: 어머 어머 너 책 출간했다며? 가시나 축하한다

친구 4: 나도 그 책 사 봐야지 어디 가야 구할 수 있겠니?

친구 5: 책값은 줘야지 얼마냐 묻기만 하고 땡 치는 사람

친구 6: 야 나 그 책 인터넷에서 사서 지금 읽던 중이야

친구 7: 인터넷 못 해서 책방에서 책 갖다 놓으라고 부탁했다

친구 8: 너 신춘문예 참가해 보고 작가로 등단해도 되겠다

친구 9: 나는 책 3권 사 가지고 언니와 이모에게도 드렸다

친구 10: 책을 준다는데 서점에서 구입하여 인증샷 보낸 친구

친구 11: 지인 줬는데 열흘 후에 가도 한 장도 읽지 않은 사람

친구 12: 읽은 것 같기는 한데 좋다 싫다 한마디 못 하는 친구

친구 13: 이야기 들어 보니 책을 끝까지 확실하게 읽은 사람

당신은 몇 번째 친구입니까? 칭찬은 고래도 춤추게 합니다.

"친구(親舊)는 동기(同期)일 수 있지만 동기(同期)라고 모두 친구(親舊)
라 부를 수 없다."

그곳에 가면

그곳에 가면

물도 있고
나무도 있고
바람도 있다

그곳에 가면

별도 있고
달도 있고
어둠도 있다

그곳에 가면

고요도 있고
냄새도 있고
친구도 있다

발길이 당긴다 왠지는 모른다
그곳엔 사람 소리가 있어서 그런가 보다

연필을 깎아 보세요

연필을 깎아 본 지가 얼마나 되셨나요?

문구 칼을 가지고 연필을 깎아 보세요
또 깎고 닳고 몽당연필이 될 때까지
연필 촉이 가늘고 뾰쪽하게 될 때까지
연필에서 나는 나무의 짙은 향도 맡고
만질수록 정감이 나는 촉감도 맛보시고
어릴 적 코흘리개 짝꿍도 한번 그려 보시고
깎고 깎을수록 마음도 차분해진답니다
뾰죽하게 다듬을 때 나는 사각사각 소리
연필 지우개로 때 묻은 마음도 지워 보고
기억들을 기억나게 눈을 감고 느껴 보자

에피소드(Episode)

"내가 이 방에 왜 왔지?"

"어디 있지?"
"도대체 어디 있는 거야."

"여보 뭘 찾아요?"
"응, 안경."

"지금 쓰고 있는 것은 뭐예요?"

참,

"내가 생각해도 맛이 갔구나."

침대 옆 부엌, 사무실, 거실, 자동차에 하나씩 있는 돋보기안경. 그 전에는 돋보기 쓰면 어지러웠는데 이제는 아무렇지도 않으니 진짜 고물이 되었네. 처음 돋보기 쓰던 날 아버님 앞에서 미안했는데 이렇게 또 하루가 가는구나.

냉장고에 핸드폰 넣고 찾는 날이 올까 걱정이다.

한낮의 소나기가 지나간 다음이라 시원하구나.

- 老年의 前哨 -

똥 뀐 놈이 성낸다

아무리 생각해도 그 말이 맞다.

농담 속에 진담 있고
진담 속에 농담 있다.

명분과 실리 사이엔 반드시 갈등이 존재한다. 이 말을 구분 못 하는
당신은 누구십니까?

마산리 언덕에서

참 좋은 계절이다.

향큼한 아침도 그렇고
으슴푸레 저녁도 그렇다.

아카시아꽃 내음이 가슴 속까지 스며든다.

참 아름다운 계절이다.

동트는 아침도 그렇고
해질녘 저녁도 그렇다.

스치는 봄바람이 마음속 구석까지 빨려든다.

참 기분 좋은 계절이다.

새소리 아침도 그렇고
밤 별빛 저녁도 그렇다.

아침에 찾아 우는 까치 소리도 그렇고
늦은 밤까지 울어대는 개구리 소리도 그렇다.
멀리 있는 친구 아침에 온다더니 저녁에 도착했네.

그래서 더더욱 아름답고 기분 좋은 계절이구나.

5월이 기다린다

신록의 눈부신 계절이 손짓한다
향긋한 꽃 내음도 스치는 바람도…

스믈 거르는 생각의 늪에서 나와보자
마음껏 어깨를 펴고 심호흡도 해 보자

산에 올라 기분 좋게 노래도 부르자
감사한 분께 고맙다고 외쳐도 보자

오월이 가기 전에….

여기서 잠시

여러분에게 이 책의 백지 부분 6페이지 드릴 테니 여태껏 읽은 소감
이나 수필이나 시(詩)나 낙서도 좋으니 한번 채워 보세요.

134

어떠세요?

직접 쓰는 책 어떠세요?

할 수 있으시겠지요. 짓궂은 부탁 같았지만 이런 시도도 새로운 재
미 아니겠습니까? 서태지 처음 나왔을 때 적응되셨나요? 말춤 추는 강
남 스타일은 어땠나요? 노래를 중얼거릴 때 많은 분들이 웃었지요. 앞
으로는 이런 표현도 시대의 장르를 이끌고 나갈 수 있는 시도입니다.

저의 표현이 과했나요?

퓨전 시대를 맞아 음식 문학 스포츠 모든 분야의 울타리는 사라지
고 미술에서 피카소가 나오고 비구상(非具象)이 나오고 히피와 동성애
결혼도 하고 음악에서 '랩'이 나올 때처럼 문학도 다양한 테마나 장르
가 앞으로의 세대를 열 것이라고 분명히 말씀드립니다.

그림에 색을 덧입혀 미술이 되고 음식에 조미료를 더하여 미각(味覺)
을 내듯이 마음을 담아 맛나는 글을 만들어 봅시다. 세상에 재미없는
것 중 하나는 재미없는 영화나 책을 보고 난 후입니다.

독자도 별별 사람들이 많이 계십니다.

까다로운 사람은 단어 한 자 가지고 지적하고 디스하는 분이 계신가 하면 격려와 칭찬을 아끼지 않으시고 농산물, 파리바게뜨 빵, 맥도날드 커피 배달도 받아 보았습니다. 댓글에 마음 상하지 마세요. 그분도 내 책을 읽은 소중한 독자입니다. 새겨들으시면 됩니다. 글을 쓰고 있는 동안 펜이 어디로 굴러갈지 어떻게 전개될지 생각하면 내 자신에게 재미있습니다. 여기저기 카페나 블로그에 가끔 글을 쓰게 되는데 종종 지인으로부터 카톡을 받게 됩니다. 어디서 본 듯한 낯설지 않은 글을 보고 실소를 금하기 어려울 때가 있습니다. 내가 언젠가 쓴 글이 돌아 돌아 나에게 온 것입니다. 신기하기도 하고 재미있기도 합니다.

어떤 사람은 어려운 말을 쉽게 하는가 하면 구태여 쉬운 말을 빙빙 돌리고 꼬고 하는 분이 계신데 당신은 어떤 사람입니까? 그것도 훈련이고 습관입니다. 항상 쉽고 간결하게 힘도 들겠지만 글을 쓰면서 느끼는 자아도취(自我陶醉)의 기쁨을 만끽하세요. 책이 나가기 시작하니 여기저기 서점의 매대 앞자리에 진열되고 초짜 작가로서 기분 짱입니다. 책과 관련된 명언 중에 '책은 말 없는 스승'이라는 말이 있습니다.

변화에서 가장 힘든 것은 새로운 것을 생각해 내는 것이 아니라 이전에 가지고 있던 틀에서 벗어나는 것이다.

- 존 메이너드 케인스 -

홍보는 어떻게?

책을 출간하고 나면 자연히 많이 팔렸으면 싶은데 어떻게 판매하면 좋은가 문의 주시는 분이 계신데 아무래도 카드라 방송이 최고입니다.

입소문이겠지요. 책의 제목도 아주 중요합니다. 제목이 모든 내용의 얼굴이라고 해도 지나친 말은 아닙니다. 내용만 좋다면 얼마든지 댓글도 달릴 테고 댓글에 따라서 검색창 순위도 올라가고 페이스북(facebook)에 좋아요도 많이 받으실 테고 문고 매대에도 앞자리로 옮겨집니다.

다른 방법은 교보문고의 pop 광고나 매대 광고도 일정 금액 지불하면 됩니다. 요즈음은 SNS를 통한 블로그, 카페, 페이스북, X(구 트위터), 인스타그램이나 인플루언서 등이 도움이 됩니다. 요즈음 사람들은 종이 책을 많이 읽지 않아요. 그래도 손가락에 침을 발라가며 종이 넘기는 사각사각 소리를 들으며 형광등 밑에서 밤늦도록 읽는 재미가 쏠쏠한데 전자책 쪽으로 구독자가 많이 가신 것이 사실입니다.

펜은 칼보다 강하다

기원전 4000년경에 이집트에서 사용한 잉크가 채워진 갈대가 최초의 펜(pen)이었다. 관용적 표현으로 '펜은 칼보다 강하다(The pen is mightier than the sword)'란 말이 있다. 글을 쓰는 사람은 책임감이 강해야 한다. 내가 쓴 글로 인하여 누군가 상처 받는 사람이 없어야 하고 비록 한 줄이지만 그것이 강력한 메시지가 되어 힘들고 어려운 사람에게 위로와 격려가 된다면 얼마나 좋겠는가?

> 삶이 그대를 속일지라도 슬퍼하거나 노하지 말라! 우울한 날들을 견디며 믿
> 으라 기쁨의 날이 오리니 마음은 미래에 사는 것
>
> - 알렉산드르 푸시킨(1799~1837) -

모르는 것은 항상 궁금하다

첫 번째 궁금증?

세계 이곳저곳을 돌아다니며 부수고 할퀴고 박살 내고 다니던 자네가 언제 그랬냐는 듯 햇빛은 쨍쨍, 모래알은 반짝이는 오랜만에 맑은 아침 하늘을 본다.

수학이 풀 수 없는 과학인지
과학이 풀 수 없는 수학인지

모르겠지만 공연한 망상인지 허상인지 궁금한 질문을 해 본다. 비는 구름이 가지고 있다가 내리는 것은 맞는 듯한데 도대체 수천억조 톤의 무거운 물을 공중에서 가지고 있다가 세계 이곳저곳에 뿌릴 수 있는지? 나는 한 양동이의 물을 들고 10m도 옮기기 어려운데.

두 번째 궁금증?

프랑스의 과학자 앙투안 라부아지에가 1789년에 발견한 질량 불변의 법칙이다.

그럴 듯하기는 하다.

질량 불변의 법칙은 화학 반응이나 물리적 변화가 일어나더라도 반응 전후의 총질량은 변하지 않는다는 원리라는데 이는 물질의 구성 요소인 원자는 생성되거나 소멸되지 않고 단지 결합 상태만 변화한다는 것을 의미한다는데 이런 법칙이 존재하면 지구의 무게로 볼 때 대형 선박이나 초대형, 초고층 건물 등등 산업 발전으로 인하여 수많은 무기나 자동차 철골 구조물들이 많아서 혹시 지구가 무거우면 어쩌나 살짝 어리석은 노파심도 가져 본다 치더라도.

좋습니다.

가구나 자동차 비행기 고층 건물 선박 등은 광물질을 캐내어 만드는 것이니 그것이 거기 있으나 저기 있으나 그러려니 치고 자연계의 동식물도 나고 자라고 죽고 순환반복하고 바다의 물도 비도 내리고 증발하여 밸런스를 맞춘다고 치더라도 1789년 프랑스 혁명 당시 세계 인구가 3억 명 정도였는데 지금 인구가 80억 명이고 자연에서 나고 자란 동식물을 제하고 세계에서 사육하는 소, 돼지, 양 등 수백억 마리가 될 텐데 그 많은 무게를 그 과학자는 계산했을까?

지금

세계 이곳저곳의 홍수나 산불도 질량의 밸런스를 맞추기 위한 하나님의 셈법이신가. 이런저런 생각들이 공연히 나를 궁금하게 만든다.

세 번째 궁금증?

같은 시간 자다가 잠이 깰 땐 소변이 마려워서 깨는지, 잠이 깨서 소변이 마려운지 저는 이 문제로 20여 년간 혼자 궁금해서 오늘 Chat-GPT에게 물었더니 "네, 이해하겠습니다. 잠자다가 소변이 마려워서 깨는 증상을 '야간뇨'라고 합니다."

야간뇨에 대해 자세히 알아보겠습니다.

야간뇨는 수면 중 소변 때문에 깨는 증상을 말합니다. 일반적으로 밤에 자다가 300~500mL 이상의 소변을 보고 깨는 경우를 야간뇨로 진단합니다. 전립선비대, 과민성 방광 등 비뇨기과적 문제 노화에 따른 항이뇨 호르몬 감소 수면장애, 과도한 수분 섭취, 특정 음식 섭취(국, 찌개 등) 등 수분 섭취 조절, 저녁 식사 시간 조절이 필요하답니다.

네 번째 궁금증?

'황당과 당황'이라는 단어의 경계가 머리에는 맴도는데 이야기를 남에게 표현하기가 어려웠는데 유머 같지만 확실하게 정답을 주신 분이 계시네요. 내용은 이렇습니다.

"트럭 뒤에서 볼일 보고 있는데 트럭이 후진하면 당황스럽고 트럭이 휭~ 가면 황당한 거고"

또 하나

황당: 똥을 싸려는데 방귀가 나올 때
당황: 방귀를 뀌려는데 똥이 나올 때

많은 분께서 알고 계시는 내용이겠지만 좌석에서 한 번쯤 유머로 사용해 보세요. 어쩌면 우문현답인지, 현문우답을 고대하면서….

- 浩然의 生覺 -

『아빠의 아버지』를 출간한 다음

책을 읽고 시간이나 돈이 아까우면 그것은 독자를 기만하는 것입니다.

"시중 에세이에 너무 재미없어 제가 질렸습니다."라고 했더니 제 책을 읽은 여러분들로부터 아래의 댓글을 받았습니다.

1. 대체적으로 추억이 생각나는 재미가 있고
2. 에피소드(Episode)는 다시 읽어도 즐겁고
3. 내용이 쉽고 재미있어 쉽게 술술 읽히고
4. 詩는 꽃쟁반 위 맑은 빗방울 소리 같고
5. 신앙(기독교) 이야기 그렇게 써도 되느냐?
6. 정치 이야기는 좀 곤란하였다는 내용들이었습니다.

그래서 책마다 간지를 끼웠습니다.

이 책을 읽으시고 재미없고 시간이 아깝다고 생각되시는 분은 제 이
메일로 연락해 주시기 바랍니다.

내 뒤에서 걷지 말라

내 뒤에서 걷지 말라
나는 그대를 이끌고 싶지 않다

내 앞에서 걷지 말라
나는 그대를 따르고 싶지 않다

다만 내 옆에서 걸으라
우리가 하나가 될 수 있도록.

세상에서 가장 중요한 것이 뭐냐고 물으면
사람, 사람, 사람이라고 말할 것이다.

- 마오리족 격언 -

인생은 죽음을 향한 행진이다

인디언은 말을 타고 가다가 가끔씩 말을 세우고 뒤를 돌아보는 습관이 있다고 합니다.

내 몸은 말을 타고 여기까지 왔지만 내 영혼이 몸을 쫓아오지 못할까 봐 영혼이 따라올 수 있도록 기다려 준다는 것입니다. 사실 나 자신 지난 세월 동안 어떻게 살아왔는지 미처 생각 못 하고 여기까지 온 것 같아 이번 기회에 조용히 묵상하는 시간을 가져 보려 합니다.

왜 그래

문 열어, 문 열어 봐!

아직, 안 나가고 그 방에서 뭐해?
늦었다 빨리 씻고 출근해야지

아니, 너 지금 혼자 울고 있잖아
울지 말고 이야기를 해야 알지

이리 와서 엄마한테 이야기해라

또, 그 녀석 때문에 그러는구나

내, 뭐랬어 엄마 이야기 들었어야지
얼른 나와서 밥 먹고 출근이나 해라

너만 그런 게 아니라 오빠도 괴로울 거야
이리 와, 이리 와서 엄마에게 안겨 보렴

시간이 지나면 가슴에 있는 상처들도
희미해지고 세월이 약이라고 하잖아

인생이란 그런 거야 다 그런 거야.

만져지지 않는 마음

상처는 만지면 덧나요
위로한다고 하지 마세요
제발 혼자 있게 냅둬요
세월이 약이랍니다

오시면 안 되나요?

장마는 멀었는데
온다는 소식 없고

길이 멀어 못 오시나
다리 아파 못 오시나

대지와 산야는 목마르고
내 마음도 타들어 갑니다
하늘 문 여시고 마음껏 내려 주소서

글의 길이가 궁금하시다고요?

어떤 사람들은 '그 사람의 말이나 글을 시적(詩的)이다'라고 합니다.

한마디로 아름답다는 표현입니다. 보이지 않지만 잡힐 듯한 감성과
공감 가는 글이 좋은 시(詩)입니다. 사람들에게 시적(詩的) 감성을 전하
고 싶어 작품에 화려한 색채를 고집하며 색채로 시(詩)를 읊고자 하는
예술가도 있습니다. 어쩌면 모든 예술은 궁극적으로 시(詩)를 꿈꾸는
것인지도 모릅니다.

한 글자만 가지고도 시(詩)가 될 수 있습니다.

시(詩)에는 꽃말이나 계절의 찬사 아름답고 찬란하고 사랑의 미사여구(美辭麗句)가 들어가는데 세상이 창조되고 구약의 시편부터 시(詩)가 쓰이고 오늘날까지 동서를 오가며 쓰인 시의 편수가 하늘의 별만큼 많지만 같은 시와 노래는 없습니다. 특히 우리나라 시(詩)의 형용사는 자랑거리입니다. 한글의 감칠맛 나는 표현이 어떻게 번역이 되겠나? 개인적으로 생각하기엔 번역에 문제가 있어 노벨 문학상 수상에 어려움이 있을 것 같았는데 얼마 전 한강 이란 작가가 수상(受賞)하였으나 좌우(左右) 이념의 문제로 인하여 국민 모두에게 박수는 받지 못했습니다.

옛날 임금님이 신하에게 인생이 무엇인지 써 오라고 했더니 3권의 노트에 써왔다고 합니다. 임금님이 내가 바쁜데 이걸 어떻게 읽어 더 줄여 오라고 했더니 이번엔 한 권의 노트에 정리해 왔는데 이것도 많다고 했더니 딱 한자 괴로울 고(苦) 한 자로 줄여 왔다고 합니다. 그 많고 많은 긴 인생살이도 고(苦) 한 자로 해결되는데 사실을 설명하기 위하여 간결하게 줄여서 표현할 수 있겠지요. 詩도 억지로 길게 쓰려고 하지 마세요.

어떤 분은 같은 말도 어렵고 고상하게 쓰려는 분이 계십니다. 쉽고 짧게 쓰는 것도 실력입니다. 길이가 많은 것보다 한 문장 조사 하나라도 아껴서 쓰면 어떨까요. 요즈음 사람들은 논술이나 학술자료는 꼼꼼하게 읽겠지만 소설이나 에세이는 정독을 안 합니다. 문어체(文語體)보다 구어체(口語體)로 쉽게 쉽게 쓰세요. 제목은 본문에 들어가지 말아야 합니다. 한동안 제목을 무제(無題)라고 유행하던 때가 있었습니다. 물론 그것도 제목으로는 훌륭합니다.

한 줄로도 시(詩)가 되고, 감탄사 "아"란 한 글자만 쓰고도 고저(高低)를 같이하고, 거기에 곡을 넣으면 노래가 되고, 찬송이 되고 시(詩)의 영역에 들어갈 수 있습니다. 법문(法文)에도 좋은 구절이 있고 성경(聖經)에 시편(詩篇)이나 잠언 전도서(箴言 傳道書) 등은 전부 시(詩)라고 해도 됩니다. 시편 119편 같은 장문도 시(詩)입니다. 구태여 길어야 좋은 (詩)라고 생각하실 필요는 없습니다.

콩트는 매우 짧은 소설 형태 주로 유머, 풍자를 다루며, 단편 소설보다 더 짧은 길이를 가집니다. 코미디 프로그램에서 콩트가 자주 사용되고 역시 문학 작품의 장르에 포함됩니다.

소설, 에세이, 콩트, 산문, 시가 함께 섞여 잡지(雜紙) 형식의 새로운 장르를 만들어 내는 것입니다. 제가 쓴 글에 대하여 전문가의 평가 받기도 거절합니다. 그것은 말이 안 되는 문법(文法)이란 없기 때문입니다. 글 쓰는 세계는 그들만의 고상한 높은 울타리에 계신 분들입니다. 제가 나타나 한국 문화계의 이단아 소리 들어도 좋습니다.

떠도는 엄마 이야기를 옮겨 보았습니다

어느 교도소에서 복역 중인 죄수들에게 물었습니다. "세상에서 누가 가장 보고 싶냐?"고 그랬더니 두 개의 대답이 가장 많았답니다. "엄마"와 "어머니"라는 답이. 왜 누구는 "엄마"라고 했고, 왜 누구는 "어머니"라고 했을까요? 둘 다 똑같은 대상인데….

그래서 또 물었답니다.

엄마와 어머니의 차이가 무엇인지? 그랬더니, 나중에 한 죄수가 이렇게 편지를 보내왔답니다.

"엄마는 내가 엄마보다 작았을 때 부르고, 어머니는 내가 어머니보다 컸을 때 부릅니다!"

즉,

엄마라고 부를 때는 자신이 철이 덜 들었을 때였고, 철이 들어서는 어머니라고 부른다는 겁니다. 그런데 첫 면회 때 어머니가 오시자 자신도 모르게 어머니를 부여안고 "엄마~!" 하고 불렀다고 합니다. 세상 어디에도 엄마와 어머니의 정의를 명확하게 한 곳은 없겠지만, 엄마는 세상에서 가장 소중한 존재입니다.

신은 곳곳에 가 있을 수 없으므로 어머니들을 만들었다.

- 탈무드 -

같은 내용이라도

살아가면서 대화 중 말 잘 못하면 상대에게 마음의 상처를 줄 수 있다.

그게 말의 기술이다. 같은 내용이라도 목사님이 강단에서 설교하는 것이나 강사가 나와서 대중들을 두고 이야기하는 것은 모두 고개를 끄덕이지만 대면해서 이야기 잘못하면 원수까지 될 수 있다.

나는 내 아들에게 잔소리할 것 있으면 저 삼촌이나 자형(姉兄)에게 사명을 준다. 내가 이야기하면 잔소리 자형(姉兄)이 하면 어드바이스(advice)다. 많이 생각하는 것보다 깊이 생각해라. 깊이 생각하는 것보다 중요한 것은 바르게 생각하는 것이다. 다시 말해 생각의 내용과 방향이 더 중요하다는 말이다. 농담 속에 진담 있고 진담 속에 농담 있다. 농담은 미련 없이 받아넘겨라.

유머(Humor)

네온사인 찬란한 신사동 카바레에서

어둑한 실내 천장과 조명은 충분히 무드를 느낄 수 있는 분위기에 말끔한 제비가 사모님께 다가와서 정중하게 손을 내민다.

사모님, 춤 한번 추시지요.

음악은 시끄럽고 지루박 템포로 흘러가고 있다. 사모님은 이런 곳이 처음이라 스텝도 꼬이고 몸 둘 바를 몰라 하고 있다.

그때, 제비께서 한 말씀.

"사모님, 긴장하셨습니까?"
네, 어제 김장 10포기 했습니다.

여러분께서는 김장하셨습니까? 긴장하셨습니까?
책 쓰는 것도 좋으시지만 잠시 쉼을 가지시는 게 어떠십니까?

- 浩然의 弄談 -

기도할 수 있어 좋다

앞이 캄캄하고 가슴이 답답할 때가 있다.

앞이 보이지 않을 때 사방이 가로막혀 움직일 수 없을 때에도 주님을 향한 하늘 문은 언제나 열려 있다. 숨이 멎을 것 같은 순간에도 죽을 것 같은 공포가 몰려올 때에도 기도가 나를 숨 쉬게 한다. 주님은 언제나 기도 속에 숨어 계신다. 기도 속에서 나와 함께 호흡하시는 주님을 만나면 내 인생이 달라진다. 그토록 좋은 기도를 하지 못하는 내가 바보다. 주님은 날마다 기도하라고 하신다.

구하라
찾으라
두드리라 하신다.
부르짖으라 하신다. 기도와 간구로 아뢰라 하신다.

인생의 파도는 멈추지 않는다.

기도만이 인생의 파고를 잠재울 수 있는 무기다. 기도하면 인생이 달라진다. 기도하면 내 안에 계신 주님을 뵈올 수가 있다. 미련한 자는 하나님을 찾지 않고 제힘으로 살려고 한다. 어리석은 자는 하나님이 없다고 한다. 그럼에도 불구하고 하나님은 살아 계셔서 내 기도에 응답하신다.

　세상에 기도보다 더 좋은 보석은 없다. 내게 능력이 없어도 나에게는 하나님을 향하여 부르짖을 기도가 있기에 나는 절망하지 않는다. 나는 넘어져도 아주 넘어지지 않는다. 기도하자. 내 영혼아, 날마다 기도로 주님께 나아가자. 나는 기도할 수 있어서 좋고 기도할 수 있어서 행복하다. 내 기도를 들으시는 주님이 계셔서 나는 더욱 좋고도 좋다.

　글쓴이: 봉민근

시(詩)란 무엇인가?

　시(詩)는 단순한 표현이 아니라 세계관과 가치를 담고 있는 예술 형식이며, 시인(詩人)들은 자연과 자신을 표현하거나 사회 부조리에 맞서는 등 다양한 시상을 가지고 있으며 인간의 감정과 경험을 공유하고 상호 관계를 맺는 은유적 표현이며, 세상을 새롭게 바라보고 창조하는 기능을 합니다.

　시(詩)는 세상을 새롭게 바라보는 창조하는 수단입니다.
　기존의 관념을 깨뜨리고 새로운 세계를 제시합니다.

시(詩)의 특성은 본질적인 표현 방식이며, 단순히 어려운 것이 아닙니다.

시(詩)의 교육적 가치는 학생들의 창의성과 감수성을 높일 수 있고 시(詩)를 통해 학생들은 새로운 관점을 배우고, 인문학적 소양을 기를 수 있고 삶의 의미와 가치에 대해 고민하고, 타인의 관점을 이해하는 능력을 기를 수 있습니다. 의사소통 능력을 향상시킬 수 있고 자신의 생각과 감정을 효과적으로 표현하는 방법을 배울 수 있습니다.

시(詩)를 읽고 쓰면서 느끼는 개인적인 생각은 같은 기차인데 KTX 보다 통근열차를 타고, 선풍기나 에어컨보다 부채란 단어가, 댐에 앉아서보다 호숫가에서란 단어가, TV보다 라디오가, LED 전구보다 호롱불이나 촛불이란 단어가 등장해야 어울리지 않을까요?

한국의 유명 시인으로는

- 김소월: 「진달래꽃」, 「초혼」 등이 있고
- 서정주: 「화사(花蛇)」 등의 작품으로 유명합니다.
- 정지용: 「향수(鄕愁)」 등의 작품이 대표적입니다.
- 김수영: 실험적이고 「풀」 등의 작품이 유명합니다.
- 백석: 「남신의주 유동 박시봉방」 등의 작품이 유명합니다.
- 이해인: 「반지」, 「오늘은 내가 반달로 떠도」, 「아름다운 순간들」, 「아

무래도 나는」,「부를 때마다 내 가슴에서 별이 되는 이름」,「황홀한
고백」 등이 있습니다.

한국에서는 공식적으로 '시인'이라는 직업을 인정받기 위해서는 등
단 과정을 거쳐야 합니다.

에세이란 무엇인가?

소설은 일반적으로 발단(기), 전개(승), 위기(전), 절정(전), 결말(결)의 5
막의 기본적인 구조를 따라야 하지만 에세이는 이 부분이 생략되고
특별한 구조나 형식이 없으며 작가의 개인적인 생각, 경험, 감정 등을
자유롭게 표현하는 비문학 글쓰기 장르입니다. 쉽게 이해하려면 소설
은 5막의 구조의 틀 속에 양복과 넥타이로 정장을 한 차림이고, 에세
이는 간편하게 티셔츠를 입은 모습이라고 생각해 주세요. (저의 개인적
인 생각)

유명 에세이 작가로는

- 무라카미 하루키: 대표작으로는『세상의 끝과 하드보일드 원더랜
  드』,『1Q84』등이 있다.
- 김영하:『나는 나를 파괴할 권리가 있다』,『살인자의 기억법』등의

작품이 유명합니다.

- 정재찬: 『노란집』, 『슬픔이 주는 기쁨』 등의 작품으로 널리 알려져 있기도 합니다.
- 오르한 파묵: 노벨 문학상 수상 작가로 『세네카의 대화』, 『장수 고 양이의 비밀』 등이 있습니다.
- 장혜영: 작가의 『사랑과 법』은 검사 생활을 바탕으로 한 에세이로 주목받고 있습니다.

이분들 외에도 상당한 분들이 계십니다.

에세이와 산문과 시(詩)의 차이점은?

에세이와 산문은 글쓰기 장르지만, 에세이는 지적이고 객관적이며, 사회적이고 논리적인 성격과 특정 주제에 대한 작가의 견해와 생각을 표현하는 것인 반면, 산문은 개인적이고 주관적이며 감정적인 성격을 가지고 있고, 작가의 개인적인 경험과 생각을 운율이나 음절에 얽매이 지 않고 자유롭게 표현하는 것이 목적입니다.

시(詩)는 우주를 품고 있습니다

세상에서 가장 아름다운 글자를 한 자로 줄인다면 詩다

세상에서 가장 아름다운 노래를 한 자로 줄인다면 詩다

세상에서 가장 아름다운 그림을 한 자로 줄인다면 詩다

세상에서 가장 아름다운 생각을 한 자로 줄인다면 詩다

세상에서 가장 아름다운 바람을 한 자로 줄인다면 詩다

세상에서 가장 아름다운 꽃말을 한 자로 줄인다면 詩다

'詩'는 시를 표현하는 글자로 아름다움과 예술성을 문자 이상의 의미를 지니며 감정과 정서를 아름답게 표현하는 매개체이며, 인간의 감정과 정서를 아름답게 표현하는 내면의 복잡한 감정을 언어로 형상화하는 예술의 대표적인 장르입니다.

종합적으로, '시(詩)'는 아름다운 문학적 표현과 예술성을 상징하는 한자로, 인간의 감정과 정서를 아름답게 드러내는 매개체입니다. '시(詩)'는 동양 문화의 정수이자 인류 문화유산으로 인정받고 있습니다. 詩가 주는 감동과 희열 태양, 달, 별, 꽃과는 함께 있어도 우리는 공해가 있는 곳에는 없습니다.

흐르는 시냇물에서 돌들을 치워 버리면 그 냇물은 노래를 잃어버린다

- 서양 속담 -

소설과 산문의 차이

소설은 작가의 상상력을 바탕으로 만들어진 허구적인 이야기(Ficto-in)이며, 등장인물, 사건, 배경 등이 작가에 의해 창조되며, 산문은 사실에 기반한 내용으로 운율이나 정형에 구애받지 않는 글을 쓰는 이의 생각의 흐름에 따라 진행되는 자유로운 문장 형식입니다. 소설이나 수필, 논설, 기사 등 대부분의 글이 산문에 해당됩니다. 산문의 종류로는 수필, 에세이, 미셀러니, 논설, 기사를 이야기할 수 있습니다.

픽션(Fiction) & 논픽션(Nonfiction)?

픽션은 작가의 상상력과 창의성을 바탕으로 만들어진 허구적인 이야기를 말하며, 소설, 단편, 신화, 우화, 드라마 등이 대표적인 픽션 장르입니다. 반면 논픽션은 사실과 실제 생활을 바탕으로 한 글쓰기 장르이고, 역사, 전기, 저널리즘, 에세이 등이 논픽션에 속합니다.

픽션과 논픽션은 서로 다른 목적과 특성을 가진 글쓰기 장르이지만 최근에는 이 두 장르의 경계가 모호해지는 혼합 형태도 등장하고 있습니다. 쉽게 이야기하자면 픽션은 가짜 이야기, 논픽션은 진짜 이야기 이렇게 생각하면 되는데 대부분 사람들은 논(non)이 있으니 반대로 착각하시는 분이 의외로 많습니다.

오마주(Homage) & 패러디(Parody)?

　오마주(Homage)는 원작에 대한 존경심을 표현하기 위해 핵심 요소나 표현 방식을 인용하는 것을 의미하며, 표절의 구분은 모호한 편이고, 원작자의 인정 여부가 중요합니다. 법상 오마주 여부는 원작자의 판단에 따르지만, 고인이 된 인물이나 외국 작품의 경우 원작자 판단이 어려워질 수 있습니다. 원작에 대한 존중이 목적입니다.

　패러디(Parody)는 기존 작품의 일부를 익살스럽게 모방하거나 조롱하여 새로운 작품을 만드는 것으로 모방과 변용, 골계를 핵심 요소로 합니다. 원작과 패러디 작품의 이중구조를 가지는데 저작권 문제가 발생할 수 있습니다.

　한국 저작권법에서는 오마주와 패러디의 구분이 모호한 편이며, 주로 저작권 침해 여부만을 판단합니다.

그냥

그렇게 사는 거야

아침엔
일어나고

저녁엔
자는 거야

그냥

그렇게 사는 거야
인생은 그런 거야

또

하루가 간다
내일도 그렇게 사는 거야

그냥

그렇게 사는 거야

아침에 밥 먹고
점심에 밥 먹고
저녁에 밥 먹고
밤이 되면 자는 거야

또

그렇게 사는 거야

만나서 이야기하고
헤어지고 그리워하고

그냥

그렇게 사는 거야

실패했다고?

그러면 걸어라
걷고 또 걸어라

억울하다고

그러면 걸어라
걷고 또 걸어라

괴롭다고

그러면 걸어라
걷고 또 걸어라

아침에도 걷고
저녁에도 걷고
땀이 날 때까지

오늘도 걷고 내일도 걸어라

이 글은 픽션일까, 논픽션일까?

한 달에 한두 번 서울 갈 일이 있는데 KTX가 편해서 잘 이용하고 있는데 그날도 좀 이른 아침이라 승객이 얼마 없을 줄 알았는데 코로나가 끝나고는 승객이 좌석을 꽉 채울 정도로 빈자리가 없었는데 대전역에서 중년 여성이 승차하여 오더니 자기 좌석이 창쪽이라고 하여 비켜 주었더니 자리에 앉자마자 에르메스 핸드백에서 핸드폰을 꺼내더니 친구에게 전화하는 듯. 내용은 들으려고 한 건 아니지만 어제 골프장에서 남친과 있었던 일, 스코어가 어떻다니 하더니, 연이어 "그래, 곧 도착하니 만나서 이야기하자"며 끊고 나서,

이번엔 아들한테 전화하는 것 같다.

시험 기간인데 학교 갔다 오면 냉장고 반찬 잘 찾아 먹고 게임하지 말라는 당부를 하시고 이내 조용한가 싶더니 이게 웬 소린가. "드르렁, 푸, 드르렁". 모든 승객이 고개를 돌려 이쪽을 본다. 공연히 내가 몸 둘 바를 모르겠다. 승무원이라도 지나면 좀 말리면 좋을 텐데, 20분쯤 지났나? 광명역 도착 안내 멘트가 나온다. 핸드백에서 거울을 꺼내 화장을 고치고 언제 그랬냐는 듯 보무도 당당하게 내리신다.

손님 여러분, 그 손님 내 마눌 아니라고 소리치고 싶은데….

경계는 무너지고 있습니다

요즘은 전자 회사에서 자동차 만들고 산업 현장이나 각종 분야에서 M&A를 하여 또 다른 분야로 발전하고 예술, 문학이라는 장르도 퓨전화되고 있습니다.

퓨전은 서로 다른 요소들을 결합하여 새로운 것을 만들어 내며 음식, 패션, 음악 등 다양한 분야에서 나타나며, 서로 다른 문화적 영향과 장르를 융합하여 기존의 관습에 얽매이지 않고 새로운 형태를 창출하며 예술가들의 창의성과 문화 교류를 반영하는 현상이고, 대표적으로 재즈와 한국 전통음악의 결합, K-Pop과 서양 음악의 융합 등이 있습니다.

팔순작가(八旬作家)

팔순작가란 별명을 듣고 보니 늦깎이 작가(作家)지만 부드러운 느낌에 어감(語感)도 괜찮네요. 흔해 빠진 회장, 사장도 아니고 세상 직함도 아닌 작가(作家)라는 존칭(尊稱)이나 별칭(別稱)으로 불러 주시니 평안하고 감사한 마음으로 받겠습니다.

그 많고 많은 호칭(呼稱) 중 마음 편한 직책 같아 기분이 날아갈 것 같습니다. 사실 요즈음 여기저기 다니다 보면 연세에 비하여 어떻다 어르신이라는 소리가 귀에 거슬렸는데 이런 선물을 주시니 애칭으로 알고 당장 명함에 팔순작가로 제작을 해야 되겠습니다.

　세상의 많은 분들이 자신의 재능과 특기를 모르고 살아가는 분들이 많이 계십니다. 무식하면 용감하다는 말이 있습니다. 용감해서 용감한 게 아니라 용감을 내어 용기를 가져 봅시다. 이럴 줄 알았으면 안 했을 텐데 하지만 그 말은 힘이 들었다는 말입니다. 이런 말도 있잖아요. '인내는 쓰다 그러나 그 열매는 달다.' 저 역시도 그랬지만 이번 출간한 『아빠의 아버지』는 힘은 들었지만 너무 사랑을 주셔서 한 번 더 자신감과 용기를 내었습니다. 그동안 사업만 하다가 감히 생각도 못 한 책 출간을 통하여 내가 왔다 간 흔적이라도 남기니 여한이 없습니다.

　평소 성격이 예민하고 음악을 좋아해서 그런지는 몰라도 나는 작곡자(作曲者)가 되었으면 좋은 곡을 쓸 수 있었겠지 했더니 아내도 동의했습니다. 여러분도 무슨 일이든 좋아하는 일을 일단 저질러 보세요. 저는 신인 작가 발굴하기 위하여 신년 초에 신문사나 잡지사에서 문예작품 당선작을 선발하는 신춘문예(新春文藝) 연례행사에 참가할 실력도 안 되고 그 세계가 그들만의 벽이 높아 그냥 먼 산만 보고 뒷짐지고 있을 게 아니라 팔순에 셀프 등단한 자칭작가(自稱作家)가 되기로 했습니다.

글을 쓰다 보니

현대 한국사를 쓰다가 재미나는 이야기가 생각나 한번 말씀드립니다.

해방이 한참 지난 1960년대 초부터 지나온 생활상이 변화 발전하고 또는 사라진 흔적들을 옮겨와 이것을 경험하지 못한 세대에게는 신기한 방문이 될 테고, 이 시대를 경험한 기성세대께서는 추억을 음미하는 좋은 시간이 될 것입니다. 문장이 길어질 것 같아 되도록 접속사는 생략하고 단어를 나열하는 방식으로 할 테니 마음이 가는대로 해석하시며 필름을 돌려 보시기 바랍니다.

전후(戰後) 1950년대 벌거숭이 산하(山河)에 보릿고개 농촌의 현실은 풀뿌리와 나무껍질 초근목피(草根木皮)로 허덕이고 식량이라야 고구마나 감자를 주식으로 겨우 목숨이나 지탱하고 농토란 손바닥만한 자갈밭에 호미로 괭이로 그나마 황소라도 한 마리 있는 집은 쟁기를 달고 농사란 걸 지었습니다. 관개시설도 저수지도 없이 하늘만 의지하고 마을에서 겨우 둠벙이란 걸 만들어 논농사를 지었습니다.

도시는 전쟁으로 주택과 모든 것의 파괴로 많은 사람들이 임시 거처에서 생활해야 했고, 주택 부족으로 인해 여러 가족이 한집에 살아야 하는 경우가 많았습니다. 미군 부대에서 먹고 남은 잔반을 재활용해 만든 음식이 '꿀꿀이죽'으로 겨우 연명하였고 먹고 살 것이 없는 사람들은 막노동으로 연명하였고 구두닦이나 아이스크림 장수 쓰리꾼도 많았습니다.

수입대체 산업화 정책의 일환으로 밀가루, 설탕, 면화 산업 등이 중점적으로 육성되었습니다. 전쟁으로 인한 의료 시설 파괴로 의료 서비스가 매우 부족했고 의사와 간호사 등 의료 인력이 부족해 제대로 된 치료를 받기 어려웠고 의약품 부족으로 인해 질병 치료에 어려움도 많았습니다. 전쟁의 상처와 고통으로 인해 많은 이들이 정신적 트라우마와 가족 구성원의 상실, 이산가족 문제 등으로 인한 정서적 어려움 속에서도 국민들은 서로 돕고 위로하며 희망을 잃지 않으려 노력했습니다. 국민들은 전쟁의 폐허 속에서 극심한 빈곤과 어려움을 겪었지만, 서로 돕고 위로하며 새로운 미래를 향해 나아가고자 했습니다.

도시화로 진입하지 못한 농촌의 주택이라야 알매흙 위에 이엉볏짚으로 지붕을 만든 겨우 2평 크기의 작은 방에 가족은 한집에 5~6명씩 한방에 거주하고 지금은 주방이라고 불리고 얼마 전까지 부엌이라 했던 정지엔 부뚜막과 찬장 양은냄비 사기그릇 몇 개에 산에 가서 나무토막 몇 개 구하여 풀무로 아궁이에 방바닥을 디피고 장판은 기름 먹인 창호지로 대신하고 벽과 천장은 신문지로 도배하고 의복과 이불은 무거운 솜을 넣어 만든 시커먼 광목으로 한 식구가 덮고 자고 여식애들 머릿니는 참빗으로 빗어도 빗어도 이가 스멀스멀하고 천장에서 떨어지는 빈대와 벼룩 쥐새끼는 얼마나 설쳤는지 밤엔 조그만 호롱에

다가 석유를 넣어 불을 밝히고 여름밤 엉성한 모기장에 검정 고무신에 우물이나 작두샘도 없는 집엔 양동이를 머리에 이고 냇가에서 빨래도 하고 농한기엔 남자들은 술과 담배 도박으로 좀 유세깨나 하는 양반들은 축첩(畜妾)을 자랑하며 살았지만 그래도 이웃 간에 음식도 나누고 정(情)이란 건 있었습니다.

소가 있는 집은 쟁기를 달고 논을 갈고 하늘에서 내리는 비만 기다리며 천수답 농사를 지었는데 이젠 저수지나 댐 또는 지하수로 물 걱정 없는 농사는 물론 모를 심을 때는 이앙기로 가을 추수 때는 탈곡기로 추수하여 정미소로 갔는데 이젠 콤바인으로 드론으로 약도 살포하고 농사도 대신 지어주는 기업농으로 변했고 직불제란 제도로 또는 농지당 면세유 각종 보조금 등으로 우리 농촌도 획기적인 변화가 왔습니다.

할머니가 사용하시던 다듬이, 놋그릇, 다림이, 풍로, 인두, 절구, 맷돌, 우물의 두레박, 물레, 방앗간 대신 디딜방아, 할아버지가 쓰시던 지게, 똥장군 등은 이미 사라지고 맨땅에 헤딩하던 농사는 들판 전체를 사계절 첨단 비닐하우스로 수박 참외 딸기 바나나 포도 등 계절에 관계없이 생산해 내고 저 많은 걸 누가 먹을까 걱정될 정도로 시장은 형성되고 유통되고 있습니다.

영감님들은 엽연초를 말아 대꼬빨이라는 곰방대로 담배를 피우고 신발이라야 나무로 만든 목신(일본말로 게다(下駄))이나 짚신에서 검정

고무신으로 생활하였습니다. 이때부터 호롱불 대신 파라핀으로 만든 초가 밤을 밝히는 도구로 등장합니다.

자식들은 생긴 대로 낳다 보니 교육은 언감생심(焉敢生心)이고 식구가 많다 보니 생활은 어렵고 입이라도 줄여 본다고 여식애들은 남의 집 식모살이나 대도시 공장으로 가게 됩니다. 이름이라야 숙이, 분이, 금순이, 말숙이, 끝냄이, 그리고 일제 강점기에 유행한 경자, 순자, 영자, 분자, 옥자, 머슴애들은 개똥이 똥개 1940년대부터 1980년대까지 영수, 정수 등의 이름이 인기를 끌었습니다.

남의 집 식모살이의 고달픔은 15시간 이상 집 청소, 아기 돌봄, 밥하고, 빨래하고, 얻어맞기도 하고, 방이라야 겨우 부엌 옆에서 쪼그리고 생활하는 게 전부였고, 당시 가내공업이나 공장들은 공급이 수요를 따라갈 수 없을 정도로 사업은 잘되었는데 가발공장이나 부산의 신발공장 금성사 등이 사업을 시작하게 됩니다.

좀 웃고픈 노래지만 좀 나이가 든 사람들은 한 번쯤 웅얼거려본 인천의 성냥공장 아가씨라는 노래도 있었답니다. 치약도 가루 형태에서 튜브 형식의 럭키 치약으로 이젠 나노 기술을 입힌 치약이 나왔고 윤복희의 미니스커트 노랑머리 등도 화젯거리가 된 적도 있었고 공중전화 두고 핸드폰 쓴다고 꾸중 들은 기억도 있을 겁니다.

한 방에 몇십 명씩 기숙사 생활에 고달픈 박봉 생활이었지만 고향에 계신 부모님께 꼬깃꼬깃 모은 돈을 송금하여 고향 부모님의 생활비나 오빠 학비 보태주고 그렇게 살아온 우리 윗세대들의 모습입니다. 초등학교는 한 학년에 5~6세 나이 차이는 보통이고 어떤 학생은 학부형도 있었으며 칠판도 없고 백묵이 없을 때는 목탄으로 대신하고 가마니를 깔고 여기저기 다니며 이동 수업을 하였습니다.

그 당시 생필품이라는 용어도 없었고 국산품보다 수입품을 더 좋아하였고 무조건 미국산 물건은 똥도 좋다고 유통기간도 없는 햄 소시지 등 깡통제품이나 정제되지 않은 분말 우유나 미군부대에서 나오는 '꿀꿀이죽'과 같은 구호식량에 의존해야 했습니다. 식량 배급제가 실시되었지만, 배급량이 부족해 많은 이들이 굶주림에 시달렸습니다. 아이들이 뛰면 배 꺼진다고 어른들이 꾸중하고 했던 시절이 언젠데 이젠 소아비만을 걱정하는 시대가 되었습니다.

대구에는 양키시장이란 것이 생겼고 서울에는 남대문시장이 밀수품의 대표적인 유통 시장이었고 비행기 말고 없는 게 없다고 할 만큼 커다란 시장이었고 남대문시장 등 주요 관광지에서 달러를 환전해 주는 아주머니들인 '남대문 암달러 아줌마'가 계셨고, 저녁 12시면 통행금지 사이렌이 울렸고 아침 4시까지는 꼼짝하지 못했습니다.

화장실을 통시, 뒷간으로 불리기도 하고 뒤처리가 마땅치 않아 똥끼

닭기라고 짚으로 말아서 사용했고 나중에 비료로 쓰기 위해 가져가기 좋게 농도를 맞춰 밭에 뿌려야 하므로 부엌의 헹굼물을 부어 놓았기 때문에 큰 볼일을 볼 때는 똥의 무게와 속도에 따라 엉덩이를 들었다 내렸다 하는 동작으로 조시를 잘 맞춰야 했습니다.

변소라는 이름으로 불릴 때는 신문지나 형편이 좋은 집은 하루하루 넘기는 화선지로 된 일력(주로 한의원에서 발행)을 사용하였고 화장실이라는 명칭을 얻고부터는 두루마리라는 품목으로 당당하게 목욕탕에 자리 잡게 되었습니다.

변소와 처가는 멀수록 좋다고 하였는데 지금은 소리 소문 없이 당당하게 가정의 제일 중앙을 차지하여 우리가 누는 똥들은 배관을 통해 수십 킬로미터 떨어진 하수 종말 처리장을 거치고 강을 통해 다시 수돗물로 깨끗이 정수되어 우리가 먹는 식수와 목욕물이 됩니다. 목욕도 개천에서 우물에서 작두샘물로 했는데 목욕탕은 명절에나 가던 건데 사우나 찜질방 온천욕을 즐기고 의복도 광목천에서 나일론 베르벳천은 획기적인 발전을 하여 의류 혁명이 시작되어 지금의 주요 옷감 소재로 면, 린넨, 마, 옥스퍼드, 캔버스, 다이마루, 폴리에스터, 기모, 쭈리 최근에는 친환경 소재와 기능성 소재에 대한 관심이 높아지고 리사이클 폴리에스터, 오가닉 코튼, 대나무 섬유 등이 주목받고 있습니다. 또한 흡한속건, 항균, 자외선 차단 등의 기능성 소재도 인기를 끌고 있습니다.

이발소도 이, 미용업으로 숙박업소도 주막에서 여인숙, 여관, 모텔, 무인 모텔로 진화하였고 1953년 한국의 국내총생산(GDP)은 13억 달러였던 것이 1963년 박정희의 등장으로 경제개발 5개년 계획으로 마을 안길 포장과 지붕 개량 산림녹화 사업으로 수출주도 산업으로 근대화로 진입하여 1963년 한국의 1인당 국민소득은 100달러를 돌파했고 이후 60년 만에 GDP가 606배 증가하여 7,875억 달러를 기록하였고 1인당 국민총소득(GNI)도 1953년 67달러에서 243배 증가한 수준입니다.

은행의 주판도 계산기도 사라지고 학교나 관공서는 파라핀 먹인 등사 원지(原紙)를 철필로 긁어 글씨를 쓴 뒤 이 원지를 등사판에 걸고 잉크 묻힌 롤러를 밀어 종이에 글자가 찍혀 나오게 했습니다. 나무로 짜 맞춘 액자 같은 판에 원지를 걸게 되어 있어 흔히 '등사판'이라고도 불렀고, 일본말인 '가리방'으로 불리며 갱지라는 재질을 사용하여 관공서는 공문으로 학교에서는 시험지로 사용하였습니다.

그것도 그나마 컴퓨터 프린트에 밀렸습니다. 필름 카메라 기름먹인 종이 우산도 사라지고 극장의 필름 상영도 전부 USB 하나로 운영되고 전에 없던 프로 야구 축구 농구 골프 테니스 보험도 자동차보험 국민연금보험 화재보험 각종 보장보험으로 나이 들어 실버타운 요양병원 원하는 데로 다니고 세계여행은 대형 크루즈에 보잉으로 세계 제2위 인천국제공항도 가지고 있습니다.

관공서는 숙직이 있었고 연봉이 아니라 노랑 봉투에 월급 봉투로 한 달에 한 번씩 직접 받았고 그나마 대폿집 외상술로 집에는 반도 가져가지 못하는 박봉의 시절이 지나가고 병원은 전문의 제도가 없어 의원이 있었습니다. 그 의원에서는 외과, 내과, 산부인과, 소아과 등 종합병원 행세를 하였고 다쳤을 땐 아까징끼만 발라도 나았을 때였습니다.

의원엔 간호원이라 불렸고 의원마다 조수(助手)가 있었는데 웬만한 처치는 조수가 하였습니다. 한의원은 약국장이라 불렸고 당시 얼마나 헌데가 많았는지 서대문의 이명래 고약의 명성이 자자했습니다.

상(喪)을 당한 집엔 곡(哭)을 하라고 했습니다.

곡을 하지 않으면 쌍놈이라고 어른들은 상주가 가만히 있으면 울라고 했고 어떤 집엔 전문으로 곡(哭)하는 사람을 사기도 했고 주로 가정에서 동네 사람들이 2박 3일 동안 음식을 하고 남자들은 초상집에서 밤을 지새우며 도박을 했다. 주로 산에 가서 매장을 하고 상여로 옮겼습니다. 화장(火葬)은 입에도 올리지 못했는데 지금 화장(火葬) 비율이 92%를 넘었다고 합니다. 납골당이니 수목장이니 하는 용어도 생겨났습니다.

문구 용품은 동아연필 필기구로 시작하여 크레파스, 고급 물감, 모나미, 파이롯트, 볼펜이 시장을 주도하고 종이는 닥나무 섬유로 만든

한지에서 화선지, 선화지, 갱지, 모조지, 아트지, 복사지 A4, B5로 발전하고 책방에서 서점 문고 등으로 이름도 발전합니다.

경부고속도로가 건설되고 포항제철 한국 중공업을 시작으로 자동차 산업도 발전하게 됩니다. 군용 지프를 개조하여 자동차를 만들고 시발 택시에서 현대자동차의 포니 버스 등과 금성사의 라디오, 드럼 세탁기, 흑백 브라운관 텔레비전, 럭키 치약 생필품과 서구 생활화로 가구 산업도 속도를 냅니다.

보르네오 선 퍼니쳐 가구와 한샘 오리표의 주방기구의 등장 알미늄 샷시 창틀이 바뀌고 인켈 롯데 파이오니아 등 오디오대리점을 열어 호황을 누렸고 점방에서 구멍가게로 편의점, 슈퍼마켓을 거치며 마트라는 대형 유통 조직으로 자리잡았고, 택배의 발달로 배민, 요기요, 쿠팡이라는 세계 어디에도 뒤지지 않는 유통회사가 생겨나고 30w 전구에서 형광등 LED 전구 전화도 수동, 전동, 다이얼, 벽돌같이 커다란 카폰에서 핸드폰, 스마트폰으로 영상이 날아다니고, 자동차도 스페어 타이어도 없이 엔진 없는 전기 자동차가 대세가 되었고 앞으로는 운전사 없는 자동차가 달리게 됩니다.

내비게이션이 없으면 어디 갈 수도 없고 경부고속도로도 처음 2차선 도로에서 지금은 10차선 이상도 있고 고속도로 통행요금도 요금소에서 수납원에게 목적지 이야기하고 금액 지불하고 톨게이트 통과했는데 하이패스에서 이제 속도 줄이지 않고 스마트 톨링 방식으로 바뀌었고 1967년 건설되기 시작한 고속도로는 전국에 51개 노선에 4,800km이고 가장 긴 도로는 경부고속도로 415km 입니다. 단속도 교통경찰이 숨어서 스피트건으로 단속하더니 이젠 고정식 이동식 속도 단속에다가 이젠 드론이라는 괴물 기계로 단속을 합니다. 거리마다 학교 앞 30km, 60km, 80km 정해 놓고 24시간 속도나 신호 위반을 감시합니다.

불법주차 역시 카메라로 하기 때문에 어디 하소연할 곳도 없습니다. 고지서는 자동으로 주소지로 배달됩니다. 에너지도 기름집에서 등유, 휘발유를 한 되씩 사다가 사용했는데 주유소 가스 전기, 수소 충전소로 발전하였습니다. 공급도 아파트는 SRF(생활폐기물 처리를 통해 생산되는 재생연료) LPG 도시가스 수력, 화력, 발전소에서 조력발전(潮力發電) 수소, 태양광, 풍력, 원자력으로 사용하고 가정용 전기도 100V~220V 승압되었고 도시미관을 위하여 전신주는 지중화(地中化) 시설로 땅속에 숨게 되었습니다.

여름 부채에서 선풍기로 에어컨으로 시원한 여름을 보낼 수 있고 건물 전체를 컨트롤하는 전관 냉난방 시스템이 도입되고 자동차도 여름엔 창문을 열고 다녔고 버스 차장이나 안내양도 사라지고 전차 대신에 땅속으로 다니는 지하철이 나와 65세 이상 무임승차하는 소위 말하는 지공파(지하철 공짜로 타는 사람)란 신조어도 만들어졌고, 기차의 홍익회도 대전역의 가락 국수도 없어졌습니다.

기차도 매표소에서 차표를 구입하던 데서 발전해 개찰구를 통해 검표 받지 않고 집에서 스마트폰으로 좌석 정하여 승차하고 기차도 석탄을 사용하여 가던 화차에서 디젤 기관차를 거쳐 전기차로 바뀌고 1960년대 초반 서울-부산 간 완행열차 운행 시간은 12시간에서 14시간 정도 소요되었고, 무궁화호 열차 도입으로 서울-부산 간 운행 시간이 6시간 40분이었으나 지금 KTX, SRT로는 서울-부산 2시간 18분 정도 소요됩니다.

의원에서 출발한 종합병원은?

의원에서 전문의 과(科)가 이렇게 변화하고 세분화되었습니다.

가정의학과, 감염내과, 간담체외과분과, 내분비대사내과, 내분비외과분과, 대장항문외과분과, 류마티스내과, 마취통증의학과, 방사선종양학과, 병리과, 비뇨의학과, 소화기내과, 순환기내과, 신장내과, 산부인과, 성형외과, 소아청소년과, 소아청소년 감염결핍내과, 소아청소년내분비유전대사분과, 소아청소년소화기영양분과, 소아청소년신경분과, 소아청소년신생아분과, 소아청소년신장분과, 알레르기내과, 입원전담내과, 안과, 영상의학과, 외과, 위장관외과분과, 유방외과분과, 이

식외과분과, 응급의학과, 이비인후과, 재활의학과, 정신건강의학과, 정형외과, 중환자의학과, 진단검사의학과, 치과, 피부과, 혈액종양내과, 호흡기내과, 혈관외과분과, 핵의학과(이상 삼성서울병원 자료)

치과는 틀니에서 임플란트로 안과는 콘택트렌즈 라식수술 백내장 녹내장 수술이 가능해졌고, 성형외과는 보톡스 넣고, 당기고 뜯고, 붙이고, 대면 진료에서 비대면 진료로 자리 잡아 가고 약방에서 의사의 처방이 있어야 하는 약국으로 바뀌어 의약분업이 시작되었습니다.

병원에는 하이패스 진료를 카드 한 번만 등록해 놓으면 진료 입원비 등 번거롭게 할 것 없이 바로 결제되는 시스템도 자리 잡아 가고 있습니다. 1950년대 남성의 평균 수명은 약 47세에서 53세 사이였고 여성의 평균 수명은 53세에서 69세 사이였는데, 2023년 남성은 79.9세, 여성의 기대수명은 85.6세로 여성이 약 5.7년 더 긴 것으로 나타났습니다.

우리나라 건강보험제도는 1977년 500인 이상 사업장 적용을 시작으로 1989년 7월 전 국민에게 확대·시행되었고, 2000년 7월 국민의료보험관리공단과 전국의 139개 직장의료보험조합이 통합하여 국민건강보험공단으로 새롭게 출발하게 되었으며 세계에 자랑할 만한 제도가 되었습니다.

직장보험 지역보험 퇴직연금 화재 자동차 실비보험 동물들의 펫 보험 이름도 알 수 없을 정도의 많은 보험제도가 있고 이 또한 우리나라의 훌륭한 제도로 자리매김하였으며 일본도 시작하지 못한 금융실명제가 대통령 긴급명령인 긴급재정경제명령 제16호를 통해 1993년 8월 12일에 전면적으로 실시되었습니다.

우측통행은 2009년 법 개정을 통해 2010년 7월 1일부터 일반 철도를 제외한 모든 도로에서 우측통행이 의무화되었습니다. 대부분의 사람들이 오른손잡이이기 때문에 우측통행이 더 자연스럽고 교통사고 위험을 낮출 수 있고 보행자가 차량 진행 방향을 더 잘 인지할 수 있기 때문이고 보행 시 피로도가 감소할 수 있다고 하여 우측통행이 채택되었습니다.

담배는 또 얼마나 피웠습니까? 만나면 윗사람이 아랫사람에게 처음 본 사람끼리도 권하고 심지어 비행기나 철도 버스 식당 공원 병원에서도 자연스럽게 피웠는데 캠페인을 통하여 또는 법으로 금지하여 자연스럽게 금연이라는 생활이 정착되었습니다.

1950년부터 담배 이름은 건설, 파랑새, 진달래, 사슴, 아리랑, 군대의 화랑 담배, 승리, 전우와 설악, 한강, 마라도, 백양, 나미, 사슴, 신탄진, 새마을, 상록수, 청자, 한강, 한산도, 거북선, 엑스포, 하나로 등 이루 셀 수 없을 정도로 많았고 외국산 담배로는 말보로(Marlboro), 레종(RAISON), 에쎄(ESSE), 메비우스(MEVIUS), 더원(THE ONE), 던힐(DUN-

HILL) 등 아직도 기억조차 없는 브랜드가 이 땅을 연기로 가득 채웠습니다.

큰 가방에 화장품 샘플을 넣어 집집이 돌아다니는 방판 아줌마 건강식품이나 생활용품 등을 팔러 다니던 시대도 보부상들도 온라인 판매와 대형 물류센터가 생겨 냉동 수산물을 도시에서도 손쉽게 구입하게 되었고 세계적인 UPS, DHL, FedEx 국내로는 CJ 대한통운, 롯데글로벌로지스, 우체국 택배, 쿠팡이라는 공룡 회사를 통하여 택배하는 유통회사가 등장했고, 물류의 구분도 바코드를 넘어 QR코드로 움직이고 자동차 조립 등도 로봇이 하고 식당의 서빙도 귀여운 로봇이 알바를 하고 있습니다.

우유도 분말 가루를 시작으로 탈지분유 살균 우유, 멸균 우유, 유당분해 우유, 저지방 우유, 가공유로 된 딸기우유, 초콜릿우유, 바나나우유 등이 있고, 서울우유, 연세우유, 매일우유, 남양우유 등 유제품 회사들도 있고 커피를 파는 다방에서 카페라는 이름으로 등장한 스타벅스, 이디야, 할리스, 폴바셋, 테라로사, 커피베이, 더카페, 요거프레스 등이 주류를 이루고, 햄버거의 대표적인 맥도날드, 버거킹, 우리나라의 롯데리아와 파리바게뜨, 성심당 등이 자리 잡고 있고 대기업에서 운영하는 백화점 몰과 코스코 등도 대형 유통회사라고 뽐내고 있습니다.

은행 업무도 주산으로 계산하다가 이젠 주산은 박물관이나 가서 구경할 수 있고 고객도 창구를 이용하기보다 ATM기나 스마트 앱을 통하여 입출금을 하고 업무도 비대면 대출까지 하는 시대에 왔고 현금 없는 시대에 진입하여 드디어 가상화폐가 세계 통화의 주류를 이루는 상상 밖의 현실도 다가왔습니다.

하루에 한 번씩 태엽을 감는 벽시계로 출발하여 예거 르쿨트르(Jaeger-LeCoultre), 브레게(Breguet),롤렉스(Rolex), 오메가(Omega), 불가리(Bulgari),파텍 필립(Patek Philippe), 오드마 피게 (Audemars Piguet), 까르띠에(Cartier), IWC (International Watch Company), 바쉐론 콘스탄틴(Vacheron Constantin) 등 세계 10대 시계 메이커들이 우리 시장에 들어와 있습니다.

아낙네들 금가락지와 비녀만 꼽고 다녀도 행세했는데, 이젠 유명 핸드백 10대 브랜드 루이비통(LouisVuitton), 샤넬(Chanel), 에르메스(Hermès), 구찌(Gucci), 프라다(Prada), 펜디(Fendi), 버버리(Burberry), 코치(Coach), 토리 버치(Tory Burch), 마이클 코어스(Michael Kors) 등은 백화점 오픈런도 모자라 중고가 오히려 새것보다 비싼 경우도 있답니다.

철판을 두드려 만들던 새나라 자동차에서 세계 10대 브랜드 토요타(Toyota), 폭스바겐(Volkswagen), 다임러(Daimler), 포드(Ford), 제너럴 모터스(General Motors), 혼다(Honda), 우리나라의 현대자동차(Hyundai)와 기아(Kia)도 나란히 이름을 올렸고 닛산(Nissan), BMW, 볼보

(Volvo), 스카니아Scania) 등 대형 덤프 트럭과 카고 트럭이 도로를 달리고 있습니다.

극장의 영화 상영 기술은 지속적으로 발전하여 과거에는 필름 사용이 주류였지만, 극장이라고 부르는 대신 상영관으로 불리며 기술의 발전으로 디지털 상영이 보편화되어 필름 없이도 영화 상영이 가능해졌습니다.

사진기도 필름 카메라로 현상소에서 현상하던 것도 디지털 카메라의 등장으로 빛을 잃었고, TV는 1940년대 미국 전자업체 RCA가 대량생산을 시작하면서 브라운관 TV가 대중화되어 2015년 마지막으로 브라운관 TV 생산이 중단되었습니다. 액정 TV, OLED TV 등으로 진화해 왔고 최근에는 디지털 TV 표준 도입으로 추가 기능과 효율성이 높아졌습니다. 흑백에서 컬러로 본체가 없는 TV 모니터란 이름으로 대형 컬러 TV에 세탁기 쿠쿠, 쿠첸 회사의 전기 밥솥이 일본제 코끼리 밥통을 몰아내고 시장을 선점해 수출에 한몫하였고, 건조기 로봇 청소기 가전제품도 획기적인 발전을 하였습니다.

녹음기에 들어가는 카세트 테이프도 CD도 자취를 감추고 누구나 갖고 싶어 하던 소니 워크맨은 어디 있는지 구경도 할 수 없고 USB라는 손가락만 한 메모리로 무한대 자료들을 보관할 수 있고 스마트 폰하나로 기차, 비행기, 병원 예약, 호텔, 은행업무는 물론 영화 심지어 세계 각국의 실시간 기상예보와 지도(地圖) 거기다가 Chat-GPT4o까지 나온 세상이라 앞으로 어디까지 발전할 거냐는 과학자도 상상할 수 없는 지경에 도달했습니다.

컴퓨터도 1642년 파스칼의 계산을 위한 '덧셈기'로부터 시작하여 1970년대 초 IBM과 HP가 처음 PC 용어 사용 1980년 삼보컴퓨터가 개발한 SE-8001이 국내 최초의 컴퓨터와 CPU 역사에는 인텔, AMD, 퀄컴, 삼성 등 다양한 기업들의 기술 혁신이 발전하여 IBM에서 최초로 개발된 플로피 디스크는 초기 용량이 50KB로 매우 작았지만, 당시 주요 저장 매체였던 천공 카드와 자기테이프에 비해 혁신적이었고 1980~990년대에 플로피 디스크는 개인용 컴퓨터에서 널리 사용되었으며, 오늘날 슈퍼 컴퓨터까지 발전하게 됩니다. 코카-콜라, 펩시, 네슬레 등은 대표적인 수입 식품 및 음료 브랜드로, 국내 시장에서 오랫동안 사랑받고 있습니다.

개 이름도 도꾸, 메리, 쫑, 누렁이, 바둑이, 흰둥이, 복실이로 불리던 개 이름은 나르샤, 다니엘, 도도, 도라, 도리, 도비 등으로 세련되게 불려지고 개에게 먹이를 주면 "사람 먹을 것도 없는데" 준다고 어른들이 혼을 냈는데 애완동물 사료 산업이 번창하고 세계적인 펫푸드 회사인 네슬레, 로얄케닌, 프롬 등은 이미 오래전 한국에 진출해 있고 2021년 국내 펫 푸드 시장 규모는 8,890억원이나 되며 애완동물 전문병원도 번창하는 직업이 되었고 애완견 호텔, 수영장, 개전용 카페까지 성업

중이고 애완동물 장례식장까지 생긴 마당에 누가 보신탕 먹는다고 하면 미개인 취급을 받는 시대가 되었습니다.

지방행정기관의 명칭도 동/읍/면 사무소라고 불렸다가 2007년부터 '주민센터'로 명칭이 변경되었다가 2016년부터 '행정복지센터'로 다시 변경되었으며 농촌 지역에 있는 파출소는 통폐합되어 치안센터로 변경되었습니다.

초가집에서 시작한 건물은 슬레이트 지붕을 지나 맨션 빌라 콘도형의 건물과 대형 아파트 촌에 50층짜리 고층아파트와 63빌딩 세계에서 5번째로 높은 555.65m 지상 123층 지하 6층 총 129층 높이의 롯데타워 건물이 우리나라에 있고 소달구지가 다니던 이 나라에 2023년 세계공항 TOP 100대 항공사 중 4위이고 연간 이용객 7천만 명이라는 세계 최대 공항이 바로 인천 국제공항입니다. 군사력은 세계 5위로 위상이 높아졌고, 호롱불 켜며 살던 시절이 엊그제 같았는데 원자력 발전소는 세계 5위 우리나라가 했다 하면 이제 세계 랭킹을 이야기하게 되었습니다.

그냥 체육이라고 이름하던 분야는 스포츠로 바꿔 부르며 축구의 손흥민 야구의 박찬호 LPGA 박세리 문화 예술 KPOP 어느 분야나 일등이 아닌 것이 없고 190여 개 국 중 우리나라 여권으로 북한은 제외하고 어느 나라나 갈 수 있고 드라마는 세계로 수출되고 다른 나라에서 한글 배우기 열풍까지 생긴 이 나라 한강의 기적을 지나 농업 분야뿐 아니라 전 산업 특히 우주과학 최첨단 AI 로봇까지 장족의 발전을 넘어 천지개벽을 한 우리나라 나의 조국이 자랑스럽지 않습니까?

마약 청정국이라던 이 나라에 대마초, 코카인, 알약 형태의 신종 마약 MDMA, 중독성 있는 전신마취제 케타민 등으로 인해 마약 공화국으로 만들지 않을까 염려됩니다.

백의민족(白衣民族)이라는 단어는 백과사전에서나 찾아볼 날이 올 것이고 할머니가 귀엽다고 남의 집 손자 고추 만져보다가 성추행으로 창피당하시고 이웃 간 음식 나눠 먹던 시절은 호랑이 담배 피우던 전설 따라 삼천리 이웃 간 층간소음 분쟁으로 인해 살인까지 가는 우리나라 좋은 나라 동방예의지국이 그립습니다.

원하는 마음

산에도 가고 싶다
들에도 가고 싶다
바다도 가고 싶다
하늘은 높고 높다
바다는 넓고 넓다

비 오는 날엔 막걸리에 빈대떡도 좋다
바람 부는 날엔 아메리카노도 괜찮다

자잘 거리는 몽돌 바다의 소리가 그립다
해풍은 잠자는 사공의 배를 춤추게 한다
이 파도 소리에 너의 목소리가 지워버릴 것 같구나

한여름의 푸념

아침부터 푹푹 찌네
오늘도 무지 덥겠다

니, 왜 거기 쭈그리고 있지
양손에 든 게 불덩이구나

그러면, 그렇지 라니냐 현상이구나

이제 겨우 밤꽃 피기 시작하는데
달력 봐라 이제 유월 초 삼일이다
칠월이랑 팔월도 빨리 왔다 가거라

나는

시원하고 찬란한 가을을 기다릴란다

부칠 수 없는 편지

우리는 초등학생 때부터 함께한 죽마고우다.

남들이 시샘할 만큼 어딜 가나 붙어 다녔지. 하숙 생활 할 때는 한 이불에서 뒹굴고 네 것, 내 것 없이 살았다. 군대 갈 때는 헤어지기 싫어 훈련소 정문까지 따라갔다. 어느 시인의 노래같이 우리는 빛이 없는 어두움 속에서도 찾을 수 있고 마주치는 눈빛 하나로도 모두 알 수 있는 사이가 아니었나. 자네는 학창 시절엔 공부도 잘하여 교수님들로부터 총애도 받고 일찍이 결혼하여 가정도 꾸리고 직장도 남부럽지 않게 좋은 직위까지 하였고 친구들에게 프렌드십도 강하고 했던 친구였잖아.

얼마 전부터 도대체 왜 그래?

여자들은 그렇다 치자. 사람 사는 이야기라 하더라도 자네는 제발 오지랖 좀 떨지 마라. 자리에 없는 사람 씹고 뜯고 마시고 즐기다가 당사자가 나타나면 입도 벙끗 못하는 자네가 사내자식이냐? 거기다가 쌍나팔 불고 다닌다며 그렇게 할 이야기가 없더냐?

방구석에 앉아 TV나 보고 남 뒷담화나 하지 말고 당사자 있는 앞에서 이야기해 봐라. 하기야 그 사람 없을 때 하는 뒷담화보다 재미있는 게 없다더라. 흥 보려면 지갑이나 좀 열고 해라. 자네는 부부가 연금 받잖아. 중소기업 하는 것보다 좋다는데 맨날 계산할 땐 구두끈이나 매고 휴대폰이나 보고 뒤에 어슬렁거리며 따라오지 말고. 너만 모르지 아는 사람은 다 알고 있어. 무심코 던진 돌 하나에 개구리가 죽고 산다잖아. 자네는 농담삼아 하는 소리지만 그 사람은 큰 상처 받는다는 것 알고나 있는 거니?

이것도 고쳐라, 남 얘기 중간에 가로막지 마라. 자네가 끼어들 땐 언제나 "그건 아니야"로 시작하더라. 그래도 너는 지식인이라고 하잖아. 그렇게 그 사람이 얕잡아 보이나? 최 사장 사업해 다 망했다고 지방 방송하고 다녔지? 자네가 그 친구 등기부등본을 떼어 봤나 통장을 봤나. 또 경철이 아들 주식으로 다 말아 먹었다며 그렇게 동네방네 나팔 불고 다니면 목도 안 아프니. 내가 볼 때 자네는 태어날 때부터 좋은 가정 교육 받고 남 부럽지 않게 자랐잖아.

물론 그것이 인간의 심보이긴 해, 사촌이 벤츠 타면 교통순경 되고 싶다더라. 옛말에 입 닫고 있으면 2등이라도 하는데 나도 이런 이야기하기 싫어. 모임에 가다 보니 자네를 안 만날 순 없고 다른 사람들 이야기 내가 대신 총대 메고 하는 거야. 내가 생각할 때 자네는 선출직 한번 하고 아주 버려 버렸다. 두 번째 낙마하고는 다른 사람 원망하고 미워하고 남 탓으로 돌리고 어떻게 이렇게 변할 수가 있니? 유전자 변이로 인해 DNA 서열의 변화가 온 것 말고 달리 설명이 안 될 것 같다.

맨날 옛날 타령 하는데 그게 언제야? 행사장 앞자리 앉아 보니 세상이 전부 자네 세상 같았지. 명절 때 문 앞에 수북이 쌓인 선물 보따리가 잊혀지지 않지? 그런 날만 영원했으면 좋겠지. 흘러간 노래는 유행가 가사에만 있는 거야. 이제 입은 닫고 귀를 열어두고 닫아둔 지갑도 너무 오래 열지 않으면 지퍼 고장 나 열리지 않는다네. 요사이 손주 자랑 하려 해도 돈 내고 해야 한다. 너는 다른 사람 잘되는 꼴은 못 보고 자기 이야기만 들으라고 하면 어느 누가 좋아하겠나?

내가 이 편지 써 놓고 부치지 못하고 있다.

아니 용기가 없다. 이 나이에 얼굴 붉히며 상처를 나누고 싶지 않구나. 친구도 늘 옆에 있는 것 아니잖아. 하나둘 떠나는데 남은 자라도 서로 위로하며 살자.

군자도 미워하는 게 있습니까?

자공 왈 "군자역유오호?"
子貢 曰 "君子亦有惡乎?"

자 왈 "유오 오칭인지악자 오거하류이산상자 오용이무례자오과감이
질자."
子 曰 "有惡 惡稱人之惡者 惡居下流而訕上者 惡勇而無禮者 惡果
敢而窒者."

자공이 여쭈었다.
군자도 미워하는 게 있습니까?

공자께서 말씀하셨다.

"미워하는 게 있지. 남의 나쁜 점을 들춰내는 것을 미워하고, 낮은
자리에 있으면서 윗사람을 비방하는 것을 미워하고, 용기는 있지만 무
례한 것을 미워하고, 과감하지만 꽉 막힌 것을 미워한다."

자 왈 "사야 역유오호"
子 曰 "賜也, 亦有惡乎?"

오 요이위지자 오불손이위용자 오알이위직자.
惡徼以爲知者 惡不孫以爲勇者 惡訐以爲直者.

이번엔 공자가 물었다.
"사야(자공)! 너도 미워하는 게 있느냐?"

자공은 "남의 생각을 알아내어 자기 생각처럼 내세우면서 지혜가 있
다고 여기는 것을 미워하고, 불손한 것을 가지고 용감하다 여기는 것
을 미워하고, 남의 비밀을 캐내 공격하면서 정직하다 여기는 것을 미
워합니다." 〈論語 陽貨 篇〉

비판은 할 수 있지만 비난은 자제하는 걸 저부터 다짐을 합니다.

여러분을 가르치려고 하는 게 아닙니다

누구도 가르치려 하지 마라, 변명도 하지 마라, 인간은 따져서 이길
수 없다.

좋고 그런 게 문제가 아니라 옳을 일을 해야 합니다. 작가다, 시인
이다 하면서 마치 자격증에 합격한 분들의 전유물(專有物)처럼 등단
안 하면 이 바닥에서 인정도 받지 못하고 자기들의 영역이라는 고정

관념의 벽을 허물어야 합니다.

지금은 축구선수가 조각가가 되고 국문과 출신이 아니어도 작가가 되고 음대를 안 나와도 성악가가 되고 외판원이 가수가 되고 재능만 있으면 얼마든지 자기의 길을 개척할 수 있습니다.

시(詩) 쓰는 법, 시(詩) 창작 법, 묘사 문장과 진술 문장의 구분 산문과 산문 시의 분류를 공부하고 과외하는 것은 전문가들 영역이다. 법을 배우면 같은 말이라도 고상하고 어려운 말로 쓴다. 어려운 말을 써야 좀 있어 보이나? 절대로 돈 내고 강의나 과외 받지 마세요.

말 그대로 초짜가 책 한번 출간해 보자고 하는 취지에서 이 글을 쓰는 것입니다. 잘 못 배우면 헷갈려서 포기하게 됩니다. 원 세상에 책 쓰기가 어떤 것이기에 어느 작가는 글쓰기 정규과정 수강료가 1,000만 원이랍니다.

일본 열도를 뒤흔든 소설 『빙점(氷點)』의 작가 미우라 아야코(三浦綾子) 여사는 1939년 아사히카와 사립여고 졸업 후 7년간 초등교사를 하였지만 움직이는 종합병원이라는 소릴 들을 정도로 폐결핵과 척추골양으로 24세부터 13년간 거의 침대에서 누워 지내다 1961년 자신과 남편이 운영하는 잡화점에서 틈틈이 글을 쓰며 1964년 빙점으로 데뷔하게 됩니다.

전 세계를 휩쓴 영국의 『해리 포터』 시리즈를 발표한 J.K.롤링도 이혼 후 생활고와 가난했던 시절 우울증으로 "자살도 생각했었다"라고 에든버러 대학교 연설에서 밝히기도 했고 1994년 8월 이혼 소송 정리를 위해 포르투갈로 돌아왔고, 1995년 8월 에든버러 대학교에서 교사 교육과정을 수료했습니다. 소중한 딸의 존재에 의지하면서 그녀는 몇 달에 걸쳐 우울증을 완치하였고, 가난한 미혼모로 3년여 동안 주당 한화 8만원 정도의 생활 보조금으로 연명한 그녀는 자신의 소설 제1편 『해리 포터와 마법사』를 완성합니다. 책을 쓰기 시작한 초기에는 하루 종일 카페에 죽치고 눌러앉아 집필을 하는 일이 많았고 아이가 자고 있을 때에는 유모차에 태우고 산책하는 것이 가장 효과적이었기 때문에 아이가 잠든 후에 근처의 카페에 들어가 글을 집필했던 것이라고 해명했습니다. J.K.롤링은 이 작품을 출판하려 마음을 먹고 수많은 출판사를 찾아갔지만 12번이나 번번이 퇴짜를 맞았다고 합니다.

이런 사람들도 글쓰기 공부나 법을 배워 본 적이 없는 사람들입니다.

글은 쓰는 사람이나 읽는 사람의 느낌이 다르지만 그 마음이 일치할 때 공감을 얻게 됩니다. 법률용어와 같이 어렵고 복잡하게 쓰지 말고 쉽고 결론은 짧고 간결하게 쓰면 됩니다. 좋은 글보다 옳은 글, 정답보다 현답, 현답보다 명답, 명답보다 결과, 결과보다 적절한 질문이 중요합니다.

에이브러햄 링컨이 남북 전쟁 중이었던 1863년 11월 19일, 미국 펜실베이니아주 게티즈버그에서 했던 연설인데 미국 역사상 가장 많이 인용된 연설 중 하나이자, 가장 위대한 연설로 손꼽히지만 그 내용은 300단어가 채 안 되며 연설은 불과 2~3분 만에 끝이 납니다.

어느 특강에서 이야기할 것 다 하고 끝으로 마지막으로 결론적으로 다시 말씀드리자면 하며 질질 끄는 강사를 보면 한심하다는 생각이 듭니다.

인간은 상대의 재산이

열배가 되면 욕을 하고
백배가 되면 두려워하고
천배가 되면 고용 당하고
만배가 되면 노예가 된다

- 사마천 -

지나온 세월을 돌아보니

60년 전 이야기입니다.

아버지를 따라 시골 친척집 환갑잔치에 참여했습니다.

마당엔 사람들이 모여 막걸리에 북치고 꽹과리 치고 어린이로부터 어른들까지 온동네 잔치였습니다. 당사자인 할아버지께서는 의관을 갖추고 흰 두루마기에 갓 쓰고 기다란 수염에 담뱃대를 물고 오는 손님 맞기에 정신이 없었습니다.

그로부터 6개월 후 그 할아버지는 세상을 달리하셨습니다. 이제는 60살 환갑잔치 70살 고희연도 옛날 행사로 자취를 감추고 말았습니다. 1960년대에는 환갑잔치가 동네 공동체의 중요한 행사였습니다. 어린 내가 보기엔 정말 오래 사신 분 같았습니다. 당시에는 의약품과 의료 시설이 부족했기 때문에, 60세까지 살아남는 것 자체가 큰 축복으로 여겨졌습니다.

많고 많은 세월은 오고 갔습니다.

중학교 때 선생님이 가정 통신문에 최종학교는 어디까지 보내겠느냐는 질문에 아버지는 대학교라고 쓰셨습니다. 동네 형아들 군에 가고 결혼하는 것도 남의 일인 줄 알았고 아버지가 되면 어릴 때 이름 말고 어른 이름을 쓰는 줄 알았습니다.

그런저런 세월 동안 동가식 서가숙(東家食 西家宿) 산전수전(山戰水戰) 공중전(空中戰) 지지고 볶고 홍진이 갔는지 손님이 갔는지 살다보니 삼남매 자식은 각자 맡은 바 일에 열심히 하며 살고 있고 또 보석 같은 귀한 손자녀(孫子女)를 선물 받고 어느덧 남들과 같은 과정을 겪으며 저도 여기까지 왔습니다.

결혼도 그렇습니다.

결혼 25주년을 은혼식(銀婚式)이라고 한다는 소리는 들었습니다. 그럭저럭 졸업하고 사업하고 왔다리 갔다리 장가가고 자식 낳고 시집, 장가 보내고 돌아보니 50년 금혼식(金婚式)이라네. 남들만 하는 줄 알았는데 그게 내 차례가 되었습니다.

내가 아닌 우리가 벌써 50년 금혼식(金婚式)(GoldenWedding Anniversary)의 면류관(冕旒冠)을 받고 보니 감회가 새롭습니다. 시편 90편에 '우리의 날은 칠십이요 강건하면 팔십이라도 그 연수의 자랑은 수고와 슬픔뿐이요 신속히 가니 우리가 날아가나이다'라고 표현되어 있습니다. 이는 인생이 빨리 지나가는 것을 화살이 날아가듯 빠르다고 비유하고 있습니다.

우리 사는 동안 찬란한 봄날도 있었고 희망찬 계획도 꿈 같이 달콤한 사랑도 맛보고 살았지만 아내는 결혼을 한 것이 아니고 시집을 온 것입니다. 당시는 교통이나 통신도 자유롭지 못하던 때 어린 나이에 엄마는 얼마나 보고 싶었을까요?

꽃 같은 나이에 아는 사람 하나 없는 낯설고 물 선 타향땅에 시집와 어느덧 얼굴엔 주름살이 가득하고 검고 윤기 흐르던 머리는 파뿌리가 되어 가고 곤히 잠든 모습을 자세히 쳐다보면 안쓰럽기 그지없다. 또 얼마나 많은 눈물을 혼자 삼키며 외로운 생활을 참고 겪어온 50년의 세월을 남편이 어려울 땐 위로와 격려와 기도로써 내조를 해 준 아내에게 하트를 보내며 남은 인생은 더욱 사랑과 존경심으로 못다 한 사랑의 금자탑(金字塔) 쌓아 가겠습니다.

오늘은 결혼기념일 유래에 대하여 알아보겠습니다

19세기 영국에서부터 시작되어 당시 부부들은 매년 결혼기념일 축하 예배를 하면서 이 전통이 시작되었고 처음에는 5주년, 15주년, 25주년, 50주년, 60주년 등의 주요 기념일을 축하했지만, 점차 매년 결혼기념일을 기념하는 문화로 발전했습니다.

결혼 축하하는 기념일을 연도별로 열거하겠습니다.

1주년 결혼기념일을 지혼식(紙婚式), Paper wedding

2주년 결혼기념일을 면혼식(綿婚式), Cotton wedding

3주년 결혼기념일을 혁혼식(革婚式), Leather wedding

4주년 결혼기념일을 서적혼식(書籍婚式), Linen wedding

5주년 결혼기념일을 목혼식(木婚式), Wodden wedding

6주년 결혼기념일을 철혼식(鐵婚式), Iron wedding

7주년 결혼기념일을 모혼식(毛婚式), Woolen wedding

8주년 결혼기념일을 동혼식(銅婚式), Bronze wedding

9주년 결혼기념일을 도혼식(陶婚式), Pottery wedding

10주년 결혼기념일을 석혼식(錫婚式), Tin wedding

11주년 결혼기념일을 강철혼식(鋼鐵婚式), Steel wedding

12주년 결혼기념일을 견, 마혼식(絹.麻婚式), Sik wedding

13주년 결혼기념일을 레이스혼식(婚式), Lace wedding

14주년 결혼기념일을 상아혼식(象牙婚式), Ivory wedding

15주년 결혼기념일을 수정혼식(水晶婚式), Crystal wedding

20주년 결혼기념일을 도기혼식(陶器婚式), China wedding

25주년 결혼기념일을 은혼식(銀婚式), Silver wedding

30주년 결혼기념일을 진주혼식(眞珠婚式), Pearl wedding

35주년 결혼기념일을 산호혼식(珊瑚婚式), Coral wedding

40주년 결혼기념일을 루비혼식, Ruby wedding

45주년 결혼기념일을 사파이어혼식(紅玉婚式), Sapphire wedding

50주년 결혼기념일을 금혼식(金婚式), Golden wedding

55주년 결혼기념일을 비취혼식(翡翠婚式), Emerald wedding

60주년 결혼기념일을 회혼식(回婚式). Diamond wedding

75주년 결혼기념일을 금강석혼식(金剛石婚式). Diamond wedding *
회혼식과 같음

- 자료(資料) 출처: Wikipedia

우리의 인생을 얼마나 허락해 주셨는지 모르지만 평소 전도서의 이 부분을 늘 마음에 새기며 되뇌고 있습니다.

전도서 1장 말씀입니다.

"다윗의 아들 예루살렘 왕 전도자의 말씀이라 전도자가 이르되 헛되고 헛되며 헛되고 헛되니 모든 것이 헛되도다. 해 아래에서 수고하는 모든 수고가 사람에게 무엇이 유익한가. 한 세대는 가고 한 세대는 오되 땅은 영원히 있도다.

해는 뜨고 해는 지되 그 떴던 곳으로 빨리 돌아가고 바람은 남으로 불다가 북으로 돌아가며 이리 돌며 저리 돌아 바람은 그 불던 곳으로 돌아가고 모든 강물은 다 바다로 흐르되 바다를 채우지 못하며 강물은 어느 곳으로 흐르든지 그리로 연하여 흐르느니라. 모든 만물이 피곤하다는 것을 사람이 말로 다 말할 수는 없나니 눈은 보아도 족함이 없고 귀는 들어도 가득 차지 아니하도다.

이미 있던 것이 후에 다시 있겠고 이미 한 일을 후에 다시 할지라. 해 아래에는 새것이 없나니 무엇을 가리켜 이르기를 보라 이것이 새것이라 할 것이 있으랴. 우리가 있기 오래전 세대들에도 이미 있었느니라. 이전 세대들이 기억됨이 없으니 장래 세대도 그 후 세대들과 함께 기억됨이 없으리라."

"인생 덤으로 허락하신다면 적응하며 살겠지만 억만 금을 주며 처음부터 살라시면 저는 사양 하겠습니다."

- 浩然의 人生觀 -

오후의 한담(閑談)

60대 초반의 사모님은 첫 손자가 있는데도 누가 할머니라고 부르면 기겁을 한다.

누구나 인생의 가을 초입에 들어서면 몸과 마음이 싱숭생숭해지는 것은 많은 사람들이 공감하는 감정입니다. 선선한 바람과 함께 나뭇잎이 물들고, 하루가 짧아지면서 자연스럽게 감정의 변화와 함께 마음도 복잡해지기 마련입니다. 나뭇잎이 물들고, 바람이 선선해지면서 여름의 활기와는 다른 감성을 느끼게 됩니다. 이런 시기에는 일상의 변화, 새로운 시작, 그리고 지나간 여름에 대한 회상 등이 뒤섞여 마음을 다잡기 어려운 경우가 많습니다.

가을 또한 성찰의 계절이기도 합니다.

한 해의 끝자락에서 자신을 돌아보고, 목표를 재정립할 수 있는 좋은 기회이긴 하지만 그 과정에서 불안감이나 혼란스러움이 생길 수 있습니다. 이런 감정을 느끼는 것은 자연스러운 일이며, 자신에게 조금 더 관대해지는 것이 중요합니다.

왜 사람들은 계급장을 내려놓지 못할까요?

왕년에만 찾다가 고독한 시간을 헛되이 보내는 분들이 의외로 많습니다. 요즈음 전국 어디나 지방자치단체마다 어른들을 위한 복지센터가 너무 많습니다. 저도 삼식(三食)이를 면하려고 이곳에 나옵니다. 처음에는 망설여질 수 있습니다. 간판을 '노인복지센터'라고 하는데 간판에 '노인' 빼면 좋을 텐데 현실이 그런 걸 어떡하겠습니까?

처음에는 망설여지지만 나오면 친구도 생깁니다.

이곳의 시설을 설명드리면 얼마 전 신축 5층 건물에 냉난방은 기본

이고 에어로빅, 요가, 붓글씨, 컴퓨터, 외국어(영어 일본어 중국어), 바둑실, 장기실, 탁구장, 당구장, 실내 파크골프, 노래방, 미니 도서관, 물리치료실, 건강센터, 시중보다 위생적이고 저렴한 식당, 자격증을 갖춘 위생사에 자원봉사자도 15명 이상이고 직원들은 가톨릭 봉사관에서 나오신 관장님과 이하 30여 명의 직원들로 얼마나 친절하고 예의 바르게 안내하는지 너무 감사합니다. 모든 시설의 예약은 키오스크를 통하여 사용할 수 있고 등록된 회원 수만 3,600명이 넘습니다.

꽃보다 아름답고 향기 발랄한 직원들은 복도에서 사무실에서 엘리베이터에서 만날 때마다 상냥한 미소로 반겨주며 식당은 3,000원에 배식 봉사자가 12명 조리사 7명 영양사까지 일주일 메뉴를 보면 주위 어느 식당보다 밑지지 않습니다.

직원들은 가톨릭 봉사회에서 市로부터 위탁 경영하고 있습니다. 근무하는 직원 수가 38명이나 되고, 바둑판의 책상 높이가 낮습니까? 불편한 게 무엇입니까? 등등 분에 겨운 관장님의 친절에 미안할 따름입니다. 또래의 친구들이 처음에는 노인이라는 제목 때문에 멈칫하는 사람이 있는데 여기 와서 낯을 익히면서 즐거운 시간이 되며 모든 시설들은 예약 회원들로 대기해야 GK는 실정입니다. 스포츠 댄스 교실을 잠깐 기웃거려 보았더니 모두 생기발랄하고 당구장 탁구장은 만원 사례입니다. 나이가 들어도 남자는 남자 여자는 여자입니다. 들리는 소문으로는 가끔 러브 스토리도 전해 옵니다. 외로운 사람끼리 서로

의자하고 사는 것도 괜찮다고 생각합니다. 여러분이 계시는 지역도 비슷한 환경이니 한 번쯤 방문해 보시기를 추천드립니다.

바둑실 스케치해 봅니다

대부분 어깨너머 배운 실력이라 고만고만합니다.

조용해야 할 장소가 가끔은 소란할 때가 있습니다. 그것도 경기라고 물려달라 말라로 우기고 박차고 나가는 사람도 있나 하면 내일 다시 와서 언제 그랬냐는 듯 일상으로 옵니다. 가만히 보면 보청기를 착용한 사람들이 의외로 많다 보니 전화벨의 볼륨이나 일상의 대화나 전화받는 것까지 고성으로 들리나 그저 그러려니 해야 합니다. 버스로 40분 정도 일주일에 3일 정도는 나오는데 모두가 역전의 용사들입니다. 여러분들도 어렵게 생각 마시고 한 번쯤 방문해서 좋은 시간 보내시기를 권유 추천합니다. 여기 말고도 전국 어느 지역이나 이런 시설이 잘되어 있습니다.

세월은 어쩔 수 없는 것, 저도 그전엔 나이 많은 분들에게 공경하는 뜻으로 "어르신"이라고 호칭을 했는데, 막상내가 듣고 보니 그 호칭이 마음에 들지 않아요. 할머니들도 할머니가 소리 듣기 싫다고 합니다. 그래서 저는 여자분이시면 무조건 호호 할머니라도 면전에선 아주머니라고 부릅니다.

남들이 보면 우스울 것 같지만 우리 침대에는 베개가 7개 정도 있습니다. 내일이면 하나가 더 늘지는 모르지만 정말 편리합니다. 긴 것, 둥근 것 팔베개 다리 밑에 허리에 여기저기 돌려가면서 사용합니다. 아침이면 개판 그래도 편리합니다. 혹 자다가 목이 마르면 전에는 물을 마셨지만 귤 반쪽이나 포도 두 개 정도 먹으면 화장실 횟수도 줄고 적당한 소음도 수면에 많은 도움이 됩니다. 요즈음 스마트폰으로 조용한 음악이나 유튜브 스타 목사님의 설교 톤은 절간의 목탁 소리 같아 틀어 놓고 자면 10분 만에 꿈나라로 인도할 것입니다.

아침에 화장실에서 볼일 억지로 보려고 힘쓰지 마세요. 오늘 아니라도 지까짓게 나올 때 되면 나옵니다. 식사는 아침 7시 점심 12시 저녁 5시 군대 식사 합니다. 어떤 날은 오후 3시 먹고 저녁은 건너뛰어도 되고 기분이 우울할 땐 따뜻하게 샤워하시고 편안한 소파에 등을 기대고 좋은 음악도 들으시고 가끔은 친구 불러 1시간 정도 거리의 기차 여행을 해 보세요. 웃고픈 이야기는 잘 만나지 못한 소원한 친구에게 전화하면 이 나이에 무슨 할 일들이 많으신지 전화해서 만나자면 일단은 바쁘다는 핑계로 머뭇거립니다. 잘 설득해서 자존심 존중해 주시고 KTX보다는 무궁화 열차로 그리고 전화는 내가 하고 밥값도 내가 내세요. 그건 정말 얼마 안 됩니다.

주부님 콩나물 10번 깎아도 미장원 한 번에 말짱 헛것이 됩니다.

무엇이 바쁘셨는지?

어릴 적 같은 동네 앞 뒷집 함께 살던 우리 형수님 갑작 스럽지만 때 늦은 비보를 접한 저의 착잡한 심정, 보온덧신 손난로 받고서 좋아하 신다던 때가 지난겨울이었는데 가물거리는 모습을 떠올려 봅니다.

평소 선배의 자상한 배려와 보살핌으로 한세상 행복하셨고 먼저 가 신 천국에서 만날 날을 기약해 보세요. 이번 주는 치과 형님도 이발소 아저씨도 재촉하시며 떠나셨네요. 선배님 우리에겐 항상 어제 같은 오 늘이 오늘 같은 내일이 기다리고 있습니다. 텅 빈 마음에 주님의 위로 를 함께하시며 지나간 좋은 추억들을 마음 깊은 곳에 간직하시며 그 날이 올 때까지 찬송과 기도로 맞이하시길….

甲辰年 八月 初旬

浩然 / 安東允

시대의 변화는 어쩔 수 없다

상주(喪主)는 향에 불을 붙이며 결국 울음을 터뜨렸다.

영정 사진 속에는 반려 개구리가 눈알을 반짝이고 있었다. 그러니까 사람이 아닌 개구리, 물가에 사는 그 양서류 개구리다. 2년 5개월간 함께했으나 병으로 무지개 다리를 건넜다. 보호자 서진영(32) 씨는 "차마 차가운 땅에 묻을 수도 냉동실에 넣을 수도 없었다"며 "온전한 모습일 때 가능한 한 빨리 화장(火葬)을 해주고 싶었다"고 말했다. 회사에 반차를 내고 집 근처 서울 가산동의 소(小)동물 전문 장례식장을 찾았다.

작은 관(棺)에 개구리를 눕혔다.

소요 시간만 짧을 뿐 장례 절차는 사람과 비슷했다. 염습, 추모, 발인. 업체에 따라 몸매에 맞는 특수 수의를 제작해 입히는 경우도 있다. 전문 장례지도사와 함께 기도문을 낭독하고, 이별의 눈맞춤을 나눈 뒤, 개구리는 화장로(火葬爐)에 들어갔다. 1시간쯤 지나 뼛가루가 작은 유골함에 담겼다. 서씨는 "종류가 어떻든 크기가 크든 작든 내 소중한 가족이었다"며 "장례 과정을 통해 슬픔이 가라앉았고 마음 편히 보내줄 수 있었다"고 했다.

신모(22)씨에게는 "아들처럼 키운" 반려 달팽이가 있었다.

아프리카 왕달팽이. 돌본 지 3년이 흘러 손바닥을 덮을 만큼 자란 이 반려와(蝸)는 지난해 10월 세상을 떴다. 신씨는 "처음엔 다른 분들처럼 삶아서 껍데기만 보관하거나 화분에 묻으려 했는데 나중에 속상

할 것 같았다"며 "햄스터 장례식장이 있다는 걸 듣고 달팽이도 가능할 것 같아 찾아갔다"고 말했다. 경기도 일산의 한 소동물 장례식장에서 장례를 진행했고, 다행히 유골(패각)을 남길 수 있었다.

"집에 보관하고 있어요. 먼 훗날 제 관에 함께 넣어 달라고 할 거예요."

국내 반려동물 양육 인구 1,500만 시대. 규모가 커지며 종류도 늘고 있다. 지난 7월 오픈서베이가 발표한 '반려동물 트렌드 리포트 2024'에 따르면 양육 반려동물 순위는 개, 고양이, 물고기, 햄스터, 거북이, 달팽이, 앵무새, 도마뱀 순으로 조사됐다. 사랑받는 존재, 이들의 '마지막'도 달라지고 있다. 현행법상 반려동물의 사체를 땅에 묻는 건 불법이기에 동물병원에 맡기거나 종량제 봉투에 넣어 버려야 한다. 다소 냉정한 방식이다. "격식 갖춰 제대로 보내 주련다"는 보호자들이 증가하는 이유다. 소동물·특수동물 등 세분화된 전문 장례업체만 전국에 10곳을 넘겼다. KB금융 '2023 한국 반려동물 보고서'에서는 양육 가구의 64.5%가 장묘 시설 이용 의사가 있는 것으로 나타났다.

소동물은 보통 무게 1kg 미만의 반려동물을 일컫는다.

반려동물 장례 업체 '21그램' 함모(33) 장례지도사는 "고객의 반려동물 중에는 고슴도치, 거북이, 금붕어, 뱀, 심지어 지네도 있었다"며 "소동물 커뮤니티가 활성화되면서 관심과 수요가 계속 늘어난다"고 말했다. 화장로의 화력을 약하게 조절해 유골이 흩어지지 않게 신경 쓰고, 장례용품도 그들의 사이즈에 맞춘다. 함 지도사는 "물론 의아해할 수도 있겠지만 보호자들에게는 강아지·고양이와 다를 바 없는 가족"이라며 "자택에 가져가면 볼 때마다 눈물 날 것 같다고, 봉안당에 유골함을 보관하는 분들도 있다"고 말했다.

소동물 장례는 특히 젊은 세대에서 두드러지는 현상이다.

반려동물 장례업체 '포포즈' 최모(27) 장례지도사는 "대개 보호자 연령대가 어린 편인데 최근에는 용돈을 털어 반려동물 장례식을 치러준 중학생도 있었다"며 "아무래도 장례식장이다 보니 분위기가 무거울 수밖에 없는데 어린 보호자가 부모님과 함께 와서 화기애애하게 마지막 인사를 하고 가는 경우가 많다"고 했다. 비용은 15만~20만 원 수준. 20대 고객들은 유골을 고온 압축해 메모리얼스톤 등의 보석으로 만들어 보관하거나 목걸이처럼 장신구로 착용하는 비율이 높다고 한다.

- 조선일보 정상혁 기자 〈아무튼 주말〉에서 -

노인 대상으로 응모한 짧은 글 당선작

1. 가슴이 뛰어서 사랑인 줄 알았는데, 부정맥.
2. 전구 다 쓸 때까지도 남지 않은 나의 수명.
3. 종이랑 펜 찾는 사이에 쓸 말 까먹네.
4. 병원에서 세 시간이나 기다렸다 들은 병명은 "노환입니다".
5. 일어나긴 했는데 잘 때까지 딱히 할 일이 없다.
6. 자명종 울리려면 멀었나 일어나서 기다린다.
7. 연명치료 필요 없다 써놓고 매일 병원 다닌다.

8. 만보기 숫자 절반 이상이 물건 찾기.

9. 몇 가닥 없지만 전액 다 내야 하는 이발료.

10. 눈에는 모기를, 귀에는 매미를 기르고 산다.

11. 쓰는 돈이 술값에서 약값으로 변하는 나이.

12. 젊게 입은 옷에도 자리를 양보받아 허사임을 알다.

13. 이봐 할멈! 입고 있는 팬티 내 것일세.

14. 일어섰다가 용건을 까먹어 다시 앉는다.

15. 분위기 보고 노망난 척하고 위기 넘긴다.

16. 무농약에 집착하면서 먹는 내복약에 쩔어 산다.

17. 자동응답기에 대고 천천히 말하라며 고함치는 영감.

18. 전에도 몇 번이나 분명히 말했을 터인데 "처음 듣는다!"고.

19. 할멈! 개한테 주는 사랑 나한테도 좀 주구려.

20. 심각한 건 정보 유출보다 오줌 유출.

21. 정년이다. 지금부턴 아닌 건 아니라고 말해야지.

22. 안약을 넣는데 나도 모르게 입을 벌린다.

23. 비상금 둔 곳 까먹어 아내에게 묻는다.

24. 경치보다 화장실이 신경 쓰이는 관광지.

25. 손을 잡는다. 옛날에는 데이트, 지금은 부축.

26. 이 나이쯤 되니 재채기 한 번에도 목숨을 건다.

작업이 끝날 때마다

자료는 꼭 백업을 해 주세요. 저는 독수리라 앞서가는 생각들을 잡을 수 없어 기억을 놓친 때가 많았고, 오자 탈자 맞춤법이 힘들었습니다. 바탕화면에 아이콘을 띄워 놓고 USB 256GB도 하나 샀습니다.

혹시 자료가 날아갈까 작업이 끝날 때마다 백업을 하는데, 한번은 A4 82페이지 분량을 바탕화면에 복사하여 붙여넣기 하면 되는데 아이콘에서 끌어 USB로 옮기다가 한 번에 없어지고 바탕화면의 아이콘도 보이지 않고 휴지통이나 문서 검색에서도 찾을 수 없었습니다. 난감하고 화도 나고 노욕을 부렸나 포기하려고도 했는데 다행히 여기저기 조몰락거리다가 찾은 순간, 이 기분을 아시겠나요?

그래서 저는 한 가지 꾀를 내었습니다.

2층 사무실에는 데스크 탑 컴퓨터를 거실에는 노트북을 사용합니다. 바탕화면에 소제목의 아이콘을 여러 개 띄워 놓고 주로 노트북으로 작업합니다. 끝날 때마다 메일의 '(DAUM) 내게쓰기'를 하여 작업한 바탕화면의 내용을 끌어다가 첨부하여 나에게 보내고 제목에는 날짜와 시간을 적고 찾을 때는 '내게쓴 메일함'을 열어서 자료를 찾아 진행합니다. USB도 좋지만 들고 다니기도 그렇고 '메일함'에 저장해 놓으면 장소에 구애받지 않고 어디서나 할 수 있어 편리합니다. 두 가지 중 한

가지는 꼭 하셔야 합니다.

　소제목마다 바탕화면에 아이콘을 만들어 관리하시면 시간이 흘러 양이 많아지고 페이지가 길어지면 내용 찾아 수정하기가 어려운데 이렇게 하시면 편리합니다. 책을 완성하기까지의 과정도 건물을 짓는 것과 같습니다. 설계를 하여 뼈대를 세우고 지붕을 덮고 문도 달고 인테리어도 하고 페인트 칠하고 입주하듯이 하나 하나 순서대로 하나씩 하세요. 서비스 공장 벽에 이른 표어가 있습니다. '닦고, 조이고, 기름 치자.' 군대 정비창에 많이 사용하고 매뉴얼입니다. 우리가 쓰는 책도 이런 마음으로 하시면 됩니다.

좋은 글을 언제나 쓸 수는 없습니다

좋은 글이라기보다 마음에 드는 글이라고 이야기합시다.

　마음에 드는 글을 쓰고 나서 흡족함을 얻는 것보다 아무리 생각을 고쳐도 내용이 마음에 들지 않으면 하루 종일 찝찝하고 공연히 화가 치밀 때가 있습니다.

　원고는 마무리했는데 진작 생각나는 것이 있어 어느 부분에 끼워 넣어야 통할까 고민 중이었을 때 그 위치와 문맥이 맞아 들어갈 땐 청량 음료를 한 컵 마시는 상쾌한 맛이었습니다.

이야기는 넥타이를 조여 맨 듯 마시고 쉽게 쉽게 두루마리 휴지 풀리듯이 쉼쉼 하시며 좀 헐렁하게 설렁설렁하시고 가벼운 T셔츠 차림의 기분으로 시작하여 끝도 그렇게 마무리하셨으면 정답보다 현답, 현답보다 명답, 빨리보다 제대로가, 좋은 일보다 옳은 일을, 결과보다 과정을 중요하게 살아가시는 우리 모두가 되시기를 바라겠습니다.

어느 날

조용히 있다가 갑자기 텅 빈 마음엔 뿌우연 안개로 시야가 어두워지는 것 같다.

나이가 들어서일까? 마음이 낡아서일까? 뭔가 모르지만 방향이 잡히지 않는다. 가슴이 터질 것 같고 눈물이 쏟아질 것 같아 누군가를 만나고 싶은데 만날 사람이 없다. 주위에는 항상 사람들이 있다고 생각했는데 이런 마음을 받아 줄 사람을 생각해 가슴에 적어둔 전화번호를 읽어 내려가 보아도 모두가 아니다.

저마다 삶의 무게를 감당하기 힘든 분들께 나의 답답한 심정을 하소연하여 마음의 짐을 맡겨두고 싶지 않구나.

혼자 같지만 함께 사는 세상

거리를 걷는다

인적 드문 모퉁이 커피숍 한잔의 커피
아! 삶이란 때론 이렇게 외로운 거구나

우리 집 생활을 잠깐

　물론 부부만 살고 있지요. 남들이 보면 우스울 것 같지만 우리 침대에는 베개가 7개 정도 있습니다. 내일이면 하나가 더 늘지는 모르지만 정말 편리합니다. 긴 것, 둥근 것 등등 팔베개 다리 밑에, 허리에 여기저기 돌려가면서 사용합니다.

　아침에 일어나면 개판입니다. 그래도 편리합니다.

　혹 자다가 목이 마르면 그전에는 물을 마셨지만 귤 반쪽이나 포도 두 개 정도 먹으면 좋고 잠이 안 온다고 염려 마시고 적당한 소음이 수면에 많은 도움이 되는 것 같습니다. 요즈음 스마트폰으로 인문학 교수의 강의나 목사님의 설교를 틀어 놓고 자면 내 경우에는 10분 만에 잠이 스르르 옵니다.

아침에 볼일을 억지로 보려고 하지 마세요. 오늘 아니라도 지까짓게 나올 때 되면 나옵니다.

식사는 아침 7시 점심 12시 저녁 5시 군대 식사입니다. 오래되다 보니 참 속이 편합니다. 거기다가 요즈음 저녁은 오후 4시 먹고도 배고픔 없이 그냥 개깁니다.

그리고 기분이 우울하다 싶으면 샤워 따뜻하게 하시고 음악의 모든 장르를 좋아하기 때문에 2층 방에 올라와서 요즈음은 주로 교향곡 위주로 볼륨을 9 정도로 두 번 세 번 반복해 듣습니다.

가까운 친구 불러 1시간 정도의 기차여행 해 보세요. KTX보다는 무궁화 열차로 가까운 곳에 다녀오세요. 본인이 전화하세요. 자신이 밥값 내세요. 그건 정말 얼마 안 됩니다. 아주머니들 시장 콩나물 가격 100번 깎아도 미장원 한 번 가면 말짱 헛것입니다.

나는 딸 둘에 아들 하나 있는데 두 딸은 지 엄마랑 무슨 사실들이 많은지 그렇게 전화로 낄낄대는 것 보면 역시 딸이 금메달 같네요.

가끔은 이런 전투도 있습니다.

"여보, 코 좀 골지 마."

"누가 할 소린데. 내가 말을 안 해서 그렇지 당신은 어떤데?"

"그래서, 내가 서로 딴방 쓰자고 했잖아."

새벽 2시,

베개만 달랑 들고 이층으로 올라간다.

이튿날 아침, 마누라는 아침을 차려 상보를 덮어 놓고 외출하고 없다.

나는 식탁은 거들떠도 안 보고 점심엔 친구 불러 자장면으로 해결한다. 저녁도 이튿날 아침도 그렇게 그렇게….

우리 부부는 지금까지 언성 높여 싸워 본 적은 없다.

그냥 삐치면 며칠씩 간다.

그놈의 대화 방법이 문제다.

내가 이야기하면 바로 손으로 X 자 그리며 그건 아니다 한다.

며칠 후,

"여보, 내가 이야기하는데 당신은 바로 아니라고 하나 좀 잠시 생각해 보고 말하면 안 돼?"

그렇게 하기로 합의를 보았다.

얼마 지난 후 또 그런 일이 있었다.

이번에는 손동작은 안 하고 "여보, 그게 아니지." 할 때 자존심이 상한다. 내 딴엔 생각하고 이야기하는데 듣자마자 아니라고 하니 난 이럴 때마다 말을 안 해 버린다.

서로 눈을 쳐다보기도 싫다.

내 작전이래야 뻔하다. 일단 베개 들고 이층 올라가는 것, 말 안 하는 것, 밥 안 먹는 것, 그거 모두 한두 번 써먹는 것도 아니고 본부에 있는 마누라는 언제 끝날 것인지 부처님 손바닥 보듯 뻔히 안다.

사실 보따리 싸들고 이층 방에 가면 이 더운 날씨에 에어컨도 구형이라 작동도 잘 안 되고, 괜히 올라왔다. 후회도 된다.

집사람은 본부(本部)에 진치고 있으니 시원하고 샤워도 멋대로 할 수 있고 느긋하다. 그러니 남편 여러분 본부를 지키고 사수합시다.

이런 문제는 어떨 때 해결되느냐 하면 손주가 오거나, 약속된 부부 모임에 어쩔 수 없이 참석할 때, 갑자기 주위에 무슨 일이 있을 때 한 번만 말꼬리를 트면 그걸로 끝이 난다.

이번 경우는 장기전으로 계획을 세웠는데,

그만 발목 인대가 끊어져 병원은 가야 하지 샤워도 대신 도움을 받아야지 그렇게 저렇게 정전이 아니라 종전을 하였다.

"여보, 제발 부탁인데 내 이야기 할 때 끝까지 듣고 아이라 카마 안 되나?"

- 浩然은 猝富 -

습관에서 오는 일과

오랜 습관인지 6시면 눈떠지고 신문은 거의 제목만 훑어본다.

아침 먹고 양치하고 응가하고 세수하고 면도 후 스킨, 로션을 바른다. 가끔은 면도와 세수의 순서가 바뀔 때가 있는데 순서가 바뀌면 찜찜할 때가 있다.

양치할 때 치약 밑부분부터 짜면서 위로 올리는데 아내는 그냥 중간에서 꾹 눌린다. 나는 목욕탕 사용하면 전기를 끄고 나온다. 아내에게 "여보 제발 전기 좀 끄고 나오라"고 하면 한결같은 대답은 또 들어간단다.

설거지는 큰 그릇부터 순서로 하고 빨래는 수건 다음은 양말 순이다. 아무래도 수건은 두꺼운 거니까 일 초라도 빠르면 일찍 마를 것 같아서 먼저 빨랫줄에 건다. 자동차를 SUV에서 승용차로 바꾸고부터는 엉덩이를 먼저 의자에 앉히고 다음 머리를 들여 민다. 머리부터 들어가다가 부딪히기 일쑤다.

침대는 아내의 왼쪽 자리가 내 위치다. 전기장판 온도는 내 자리 1번 아내는 3번, 아내와 사우나 같이 가면 나는 30분 아내는 1시간 30분을 요구, 얼마 전부터 합의하에 조율하여 한 시간으로 정했다. 아내와 걷다 보면 나는 항상 2미터 앞에 가고 있다. 냉면집에선 비냉하고 물냉하고, 중국집에선 자장과 간자장의 선택이 나로서는 항상 주저하고 고민된다.

어릴 적 왼손잡이라 부모님께 꾸중 듣고 바꿨는데 요즈음 갑자기 옛날 생각이 나서 바지 입고 벗을 때 양말 신고 벗을 때 계단 오를 때 첫걸음을 왼발부터 시작하고 젊을 때 만년필에서 볼펜으로 지금은 연필을 사용해 본다. 연필 깎으며 나는 사각거리는 소리와 쥐는 촉감이 좋다. 나는 술맛과 커피 맛도 모르고 먹는다. 카페 가면 무조건 아메리카노 연하게 부탁이 전부다. 쿠팡에 이것저것 주문하다 보니 목 넘김이 부드러운 커피가 좋은 걸 알았다.

소맥은 맥주 먼저 먹고 소주를 먹는지 소주를 먼저 먹고 맥주를 마시는지, 알고 보니 소주잔을 한잔 채워 맥주 글라스에 채우는 게 정답이란 것도 알았다. 택배는 적은 것부터 열어 보고 편지는 고지서부터 열어본다. 교통 범칙금은 받는 즉시 납부한다. 옆에 있으면 기분 나쁘고 세상에서 제일 아까운 돈이다.

화장지도 집에서 사용할 때는 적당하게 쓰는데 공용 화장실 사용할 때는 한두 바퀴 더 돌린다.

샤워도 집에서는 물을 아끼는데 사우나 가면 수건도 2장 물도 아낌없이 쓴다. 버스 좌석은 앞자리 창가 쪽 기차 탈 때는 되도록 뒷자리를 선호한다. 버스는 시야가 넓어 좋고 기차는 사람들의 시선을 받지 않아 좋다. 주차는 후면 주차 90% 택시 탈 때 조수석은 최우선 선택.

오케스트라 공연 가면 S석 말고 되도록 뒷자리 선호한다. 박수는 남이 치기 시작하면 따라 친다. 어릴 적 박수 먼저 치다 실수했다. 잠자는 벽시계 배터리는 당장 바꿔야 하고 벽에 걸린 달력은 말일이 되기 3일 전쯤에 바꾼다. 이 문제로 아내와 의견이 충돌하기도 한다.

나는 친구들과 식당이나 카페 가면 나올 때 휴대폰도 안 보고 신발 끈도 안 맨다. 친구 중 부부 교사로 일하다 퇴직한 친구는 연금도 많아 잘나가는 중소기업 사장 정도 수입이 있는데 맨날 맨날 맨날 꾸물거린다. 본인은 몰라도 우리 친구들은 모두 눈치채고 있다. 식탁은 되도록 창을 보면서 좌석을 택하고 다른 사람이 메뉴를 택하면 "나도"라고 말하는 편이다.

앉았다 일어날 때는 열쇠, 핸드폰, 지갑을 순서대로 꼭 챙기고, 어디 여행을 가려면 커다란 여행 가방을 벌여 놓고 며칠씩 오며 가며 생각나는 대로 챙겨 놓는다. 그래도 빠질 때가 있다.

어느 날 쾅 하는 심장 소리를 들었다

왜일까?
공연히 불안하다

어지러워
쓰러질 것만 같다

그래도
오늘은 견딜 거야

"그럴 수 있나?"

혈압이 오르고 얼굴은 붉어지고
손발이 부르르르 떨리기도 한다.

분노의 마음을 비우면 무엇으로 채울까요?

기도

계절의 변화와 함께 많은 세월을 오가며 여기까지 왔습니다.

나의 힘이 되신 여호와여 내가 주를 사랑합니다. 여호와는 나의 반석 나의 요새 나를 건지시는 하나님 내가 그 안에 피할 바위요 나의 방패이시오 나의 구원의 뿔이오 나의 산성입니다.

저는 주님의 위로와 은혜가 없으면 하루라도 살아갈 수가 없습니다.

"메마른 땅을 종일 걸어가도 피곤치 아니하며 저 위험한 곳에 이를 때 큰 바위 뒤에 숨기시고 주 손으로 덮으시는" 찬송가를 부를 땐 온 몸이 하늘로부터 내려오는 뜨거운 감격의 눈물로 기쁨을 맛봅니다.

지식인이라면 적을 사랑할 수 있을 뿐 아니라 친구를 미워할 수도 있어야
한다.

- 프리드리히 니체 -

세월의 흔적조차 남지 않을 그날이

동산에 해 뜨고
서산에 해지니

하루가 뚝딱

꽃피고 새우는 봄이 오고
바람 불고 눈 오는 겨울 가니

한 해가 뚝딱

이름을 적을 땐 기쁨
이름을 지울 땐 슬픔

만나서 기쁘고 좋았는데
이렇게 가시니 섭섭하유

언젠간

내 이름도 지워지고 기억조차 없겠지
그날 이후 수많은 가을을 맞이하고 있습니다.

오래 오래전 떠난 교정의 추억이라는 기억마저도 가물 가물하고, 모두의 모습도 스물거리는 오후입니다. 그런대로 살아왔고, 지금도 그렇게 살고 있습니다. 카톡이라는 문명의 이기를 통하여 몇몇 분들의 호흡은 느끼고 있지만 대다수 사람들은 그냥 콕 하고 계실 거라 생각됩니다. 여러분들이 카톡에 이런저런 사연들을 하루에 수십 개의 내용을 전해 주시는데 대부분 자기는 보지도 않고 그냥 쓰레기 나눠주듯 던져 주서도 어떤 분에겐 정보가 되지만 어떤 사람에겐 공해가 된다는 걸 알고 계시는지 모르겠네요.

지금쯤은

남의 이야기 말고 우리의 소식이라도 가끔씩 나누고 살면 어떻겠습니까?

하나둘씩 주민번호를 지우고 전화를 반납하는 안타까운 현실에 처한 우리들의 모습입니다. 얼마 전 한 친구로부터 일주일 간격으로 2통의 전화를 받았습니다. 그것도 밤 10시가 넘은 시간에 친구는 명석하여 최고 대학의 정치학 교수로 지내던 친구입니다. 평소 그렇게 살갑게 지내던 친구는 아니었지만 일 년에 한두 번 전화하는 사이입니다. 주위로부터 친구의 근황은 들어 알고 있었지만 느닷없이 늦은 밤에 전화가 와서 약간은 당황했습니다.

내용은 "중얼중얼 ㅃㅉㄸ쑈ㅕ친구ㄸㅇㅍ고향 !@e$%^& 언제 EHmMBGH~"

제가 알아들을 수 있는 단어는 딱 두 마디, 고향과 친구뿐이었습니다. 그럭저럭 대답하며 순간은 넘겼지만 참으로 가슴 아픈 도저히 알아들을 수 없는 통화를 하고 아~ 이것이 곧 닥칠 우리의 앞날이 되지 않을까 가슴이 아려왔습니다.

얼마 전 우리 곁을 떠난 K군과 B군의 생각에 잠시 마음을 모두어 보았습니다. 며칠 있으면 한 장의 달력을 뜯어야 됩니다. 모두 건강 유의하시고 우리 동기회 카톡에 개인 소식들도 가끔 올려 주시길 부탁드립니다.

전화한 사람이 누구냐고 묻지 마세요. 대답할 수 없습니다.

오랜만에 외지에 있는 지인 만나면

우리 앞으로 많이 만나면 열 번이나 만나겠어?

나도 그렇고 주위의 사람들도 이런 이야기 주고받고 하는 분들을 많이 보아왔습니다. 그 사람들 부부를 오늘 만났습니다. 지난번 만나고 오늘 만났으니 앞으로 여덟 번 더 만나겠어 하며 웃었습니다.

군대와 대학 동창인 마산 사는 친구 부부입니다. 원래 세 쌍의 부부가 이렇게 가끔 만나는데 안타깝게 작년에 한 친구가 열 번도 못 만나고 우리와 이별하게 되었는데 친구 부인은 이 자리에 오시기가 어렵답니다.

그리고 그리고 잔칫집에 초상집에 다니다 보니 어느덧 내 차례가 다가옵니다.

스타벅스 유감

다방과 커피숍이 있습니다.

다방은 지하실에 있거나 2층에 자리잡고 있습니다. 다방은 마담이 레지라는 아가씨를 두고 영업하고 있습니다. 커피를 주문하면 가루 커피를 풀어 거기에 설탕을 잔뜩 넣어 줍니다. 단골손님 앞에서는 마담이 앉으면 계란 넣은 모닝 커피를 먹습니다. 오래전엔 명동의 청자다방 심지다방에 뉴스위크를 한 손에 들고 바바리코트 신사는 사라지고 60년대 당시 돌체, 서라벌, 갈채, 휘가로, 모나리자 같은 대부분 다방들의 간판은 내려지고 새로운 형태의 카페가 생겼습니다.

스타벅스는 1999년 7월 27일에 이화여자대학교 앞에 위치한 1호점을 시작으로 한국 진출 25주년을 맞이했고 현재 스타벅스의 2024년 9월 기준으로 매장 수는 615개라고 합니다. 스타벅스의 아메리카노 한 잔 가격은 짜장면 한 그릇이 2,000원 할 때 톨 사이즈로 3,000원이었습니다. 카페는 제조업도 아니고 판매업도 아니고 서비스 업종입니다. 스타벅스가 들어오고부터는 이상한 문화가 함께 들어왔습니다. 젊은 이들이 어쩐 일인지 이런 문화를 아무 저항 없이 잘도 받아들입니다. 카페는 보통 1~2층으로 되어 있는데 1층에서 먼저 선 결제하고 진동기 받아 들고 2층으로 올라갑니다. 진동기 호출하면 내려와서 주문한 커피 들고 올라가서 먹고 난 후에는 퇴식 컵을 아래층까지 갖다줍니다.

이런 일들이 다방에서 그렇게 하거나 짜장면 집에서 갖다 먹고 가져오라고 하면 야단 날 것입니다. 값도 그렇습니다. 스타벅스 장소는 제일 비싼 장소에 종업원들 교육도 좋고 친절합니다. 그건 그렇다 치고 이젠 다방도 잘 볼 수 없고 대부분 카페 간판으로 영업을 합니다. 그런데 그런 카페에 들어가도 어떤 곳엔 아줌마 혼자 커피 자동머신 가지고 값은 스타벅스 요금을 요구합니다. 시골도 마찬가지입니다. 우리가 이런 일에 길들여져서 훈련이 되었으니 할 수 없는 것 같습니다.

더욱 웃기는 것은 요즈음 노년들이 영업장에 들어오는 것을 문 앞에서부터 출입을 금지하는 곳이 제법 늘어난 것입니다. 이해하지 못하는 이해할 수 없는 세상에 살고 있습니다. '그래, 좋다. 너희들이 오지 말라고 해도 우리가 먼저 가지 않을 거다.'

그렇게 세월은 흐르고 흘러 언젠가는 당신들이 맞이할 시간이 될 것입니다.

복잡할 것 없는 세상

가면 오고
오면 간다

추우면 입고
더우면 벗고

고프면 먹고
졸리면 자고

더하면 넘치고
빼면 모자라고

기쁠땐 찬송하고
슬플땐 기도하자

오는 사람 막지 말고
가는 사람 잡지 말자

아~ 진리란 이렇게 단순한 거구나

내가 이 방에 왜 왔지?

분명히 무엇을 가지러 오긴 한 건데
치매 전조 증상인가? 아리까리하네
핸드폰을 냉장고에 넣고 찾는 날이 올라나?

인생은 숙제

인생은 태어나서 숙제로 시작하여 숙제로 끝난다
학창 시절에 수학 숙제가 제일 어려운 것 같았다

노년에 지고 가는 세월의 무게가 힘겹구나

배움은 표절이다

그리고 발전한다

인문학은, 철학은, 신학은 배우면서 표절하고 발전한다. 반대로 과학
이나 수학이나 의학은 연구하면서 발전한다. 어차피 인생은 표절이다.

글 쓰기 전에 생각부터 먼저 하자

내용을 분명히 하고 남이 보는 걸 두려워 말라. 상대는 두려움 그
자체이다. 상대를 설득할 수 있는 최선의 방법은 사람들의 주장에 귀
를 기울이는 것이다.

독자가 무엇을 원하는지 아무리 좋은 생각이라도 사람들을 이해시키지 못하면 아무 쓸모가 없다. 유머와 에피소드(episode) 예제나 일화도 지루하지 않게 중간중간 이용하고 자신의 이야기를 들려준다. 작가와 독자를 연결하는 구름다리 같은 것이다. 글쓰기 중 한 번씩 쉬며 문장을 다듬는다. 부드러운 표현은 강한 주장이 될 수 있다.

글쓰기는 감정을 담아 생각을 전달하는 것이다.

> 최소한 매일 약간의 노래를 듣고, 좋은 시를 읽고, 좋은 그림을 보아라. 가능하다면 몇 마디 이성적인 말도 해야겠지.
>
> - 요한 폰 괴테 -

> 참을 수 있을 만큼 화가 났을 때는 일을 시작하기 전에 열까지 세고, 도저히 참을 수 없을 때는 백까지 센다.
>
> - 토머스 제퍼슨 -

생각나지 않는 제목

오면 오는 대로
가면 가는 대로

비가 오면 오는 대로
바람 불면 부는 대로

꽃이 피면 피는 대로
물결치면 치는 대로

참았으면 참는 대로
견디면 견디는 대로

오늘도 계절은 오고 가고, 강물은 흐른다
대로 대로 왔다가 대로 대로 돌아간다

인생은 본시 단순한 것이다. 그런데 사람들은 인생을 자꾸 복잡하게 만들려
고 한다.

- 공자 -

好, 不好

중국에는 가까운 상대에서 질문과 대답을 같이 요구하는 경우가 많
습니다.

예를 들어,

좋아, 싫어(호부호) 好, 不好. 갈래, 안 갈래(취부취) 去, 不去. 더워, 안 더워(러뿔러) 熱, 不熱. 추워, 안 추워(冷不冷). 배고파, 안 고파(어뿌어) 饿, 不饿. 등 이렇게 두리뭉실한 일상의 대화를 한다.

우리는 이거 좋으냐? 너 갈 거니? 지금 더워? 춥지 않니? 배고프지? 식으로 분명한데, 어느 게 좋고 안 좋고를 떠나 이런 문화를 보며 요즈음 유튜버들이 정치인들 대하는 好, 不好는 마음속에 한 번 정하면 지구 멸망할 때까지 가는 것 같다.

한 번 밉보이면 싫어하는 것을 넘어 미워하고 저주까지 한다. 보기가 민망하다. 또 선거 분석하는 것까지는 좋다. 분석은 어디까지나 여론조사나 언론을 미루어 짐작 하는 건데, 이번 47대 미국 대선은 안갯속을 달려가는 깜깜이 선거였다고 하는데도 유독 정치학 박사 한 분은 처음부터 트럼프 후보를 지명하였다. 맞았다. 자기들 말과 같이 적중했다. 자화자찬이 대단하다. 그런데 그분은 46대 때도 그 후보가 된다고 했는데 어떻게 됐는가?

두루뭉술도 처세술이다. 이 세상에 예언자가 누가 있는가? 1503년 프랑스의 천문학자 의사인 노스트라다무스를 예언자라고 하였다. 예수님께서도 비유로 많이 말씀하셨다. 그분이 그걸 몰라서 하셨을까? 그런데 많은 사람들은 그것을 자기 말이 맞고 다른 사람들은 잘못 알고 있다고 한다. 구태여 이런저런 설명을 하며 자기 합리화를 주장한다.

"많은 사람이 내 이름으로 와서 이르되 나는 그리스도라 하여 많은 사람을 미혹케 하리라 난리와 난리 소문을 듣겠으나 너희는 삼가 두려워 말라 이런 일이 있어야 하되 끝은 아직 아니니라 민족이 민족을, 나라가 나라를 대적하여 일어나겠고 처처에 기근과 지진이 있으리니" (마24:5~7).

이렇게 분명하지만 알 듯 모를 듯한 말씀이 있는데도 말세론자들은 수많은 성도들을 미혹하여 가정을 파탄나게 만들었다. "논평은 맞다" 거기까지다. 점쟁이도 자기의 점괘는 맞출 수 없다. 비판을 받지 아니하려거든 비판하지 말라(마태복음 7:1). 어찌하여 형제의 눈 속에 있는 티는 보고 네 눈 속에 있는 들보는 깨닫지 못하느냐(마태복음 7:3).

비판은 할 수 있지만 비난은 자제할 것을 저부터 다짐을 합니다.

마당 넓은 집이

우리 집이다.

읍내에서 버스 타고 20분 정도 오면 언덕 위 파란 대문집이고 교회 옆 골목 건너 첫 번째 집이다.

교회에는 권사님 두 분과 집사님 여섯 분이 계시고 팔순의 은퇴 장로님 한 분이 신자의 전부다. 아랫마을 전도사님이 주일 오후 봉고 타고 오셔서 예배 인도 하신다.

딱히 촌(村)이라고 부르기엔 어울리지 않지만 시골보다 정감이 있다. 동네 어귀엔 550년 된 느티나무가 늠름하게 서 있다. 옛날 할아버지의 할아버지 또 그 위에 할아버지 할아버지께서 늘 함께하신 문화제로 등록된 나무다.

경상, 충청, 전라(慶尙, 忠淸, 全羅) 삼도가 접해 있는 해발 1,412m가 뒤에서 받쳐 주고 있는 마을이라 나는 이곳을 '삼도봉 첫 동네'라 부른다. 매년 10월 10일이면 삼도봉 정상에서 삼도(三道) 주민이 만나 화합을 다지는 삼도봉(三道峯) 행사가 열리고 있다. 한때는 광산(금광)의 개발로 인하여 100여 가구가 훨씬 넘는 가구가 살았지만 작년에 세 가구가 이사와 지금은 우리 부부를 포함해 전부 열여덟 가구 23명이 사이좋게 살고 있는 양지바르고 인심 좋은 동네다.

언덕 위에 있다 보니 대청마루에 앉아 보면 오토바이 타고 올라오는 우편 배달부 봉고 트럭에 시장물건 싣고 다니며 마이크로 안내하는 김씨 부부 옛날같이 장사가 되지 않지만 여기저기 캠핑카로 놀러 다니는 기분으로 다닌단다. 그래도 IMF 전에는 공장 운영하며 제법 잘나 갔다는 이야기 하고 또 한다. 나는 처음 듣는 양 고개를 끄떡여 준다.

함석지붕이라 한여름 비 오는 소리 들으며 즐기는 오수(午睡)는 꿀 같은 달콤한 맛이다. 본체는 큰방과 작은방 부엌도 옛날 재래식 구조 다. 방바닥도 구들로 되어 있다. 아래 별채는 소 마구간을 고쳐 동쪽 엔 통유리로 서쪽엔 쪽창을 내어 아침이면 찬란한 태양이 온 방 안 가 득하고 저녁엔 쪽창으로 부끄러운 듯 달님이 미소 짓는다.

뜨락을 내려가면 정원이라고 하기보다 조그만 꽃밭에는 철따라 피 고 지는 이름 모를 꽃들과 가을이면 감나무 두 그루와 대추나무에 영 그는 가을 냄새에 취해 본다. 작년에는 해갈이를 해서 얼마 없더니 올 해는 두 자루나 그득히 채웠다.

뒷집에는 할머니 혼자 사신다. 6·25에 남편을 여의시고 하나 있는 자식은 도시로 나가 외로운 생활을 하신다. 투박한 손과 주름진 얼굴 에서 돌아가신 어머니의 모습을 기억해 내고 싶다.

가끔 할머니는 국시를 얼마나 잘 미시는지 누른 밀가루에 호박 썰 어 멸치국물 풀어 그 국시 먹고 나서 대청마루에 사리마다만 입고 낮 잠을 자고 나면 어느 누가 부러우랴. 여름이라고 하지만 방바닥이 눅 어 군불을 조금은 넣어야 한다. 해발이 높아 모기는 없지만 저녁에는 이불을 덮지 않고는 추워서 못 잔다.

아침에는 지저귀는 참새 소리로 초 저녁엔 울담 밑에 귀뚜라미 멀리서 들려오는 개구리의 합창 소리, 어미를 부르는 고라니 소리 알 수 없는 동물의 소리와 시내와 달리 밤하늘 별들의 향연은 시작된다.

여름도 그렇지만 겨울이면 어떤가. 순서는 언제나 마찬가지다. 먼저 정지문의 삐거덕거리는 소리를 들으며 부엌 아궁이에 불쏘시개를 넣으면 나오는 매캐한 연기 냄새가 폐부 깊숙이 스며들어 살아 있음을 체감한다.

두꺼운 가마솥을 열고 얼어 있는 작두샘에 한 주전자의 뜨거운 마중물을 넣고 잦으면 오래지 않아 차가운 지하수가 올라온다. 세 바케스의 물을 받아 솥에 붓는다. 마을 상수도가 있지만 굳이 작두샘을 가끔 쓰는 이유는 작두를 저을 때 삐걱거리며 올라오는 소리가 정겹다. 뒷담에서 장작을 한 아름 가져와 그때부터 군불을 지핀다. 불구멍에서 붉은 열을 토해낼 땐 얼굴이 붉어지고 아랫도리가 뜨끈뜨끈해진다.

그때 방을 향하여 부른다.

"여보, 이리 와 여기 한번 앉아 봐. 올 때 도장에서 고구마 좀 가져와."

불이 사그라들며 숯이 될 때 은박지로 싼 고구마를 올리면 우리가 말하는 야끼이모가 된다(야끼이모는 일본식의 구운 고구마). 손이 뜨거워 호호 불며 껍질을 벗기고 먹는 맛은 롯데리아 햄버거에 비할 수 있으랴. 손님들이 오면 아궁이에서 꺼낸 숯불 위에 지글지글 끓는 돼지고기에 겨울 상추를 싸 먹으며 밤늦도록 이야기를 하곤 한다.

방을 나와 밤하늘을 본다. 별빛이 아니라 별바다다. 별이 천지삐까리다. 차가운 하늘이 전부 내 품에 안겼으면 좋겠다. 어찌 이런 밤을 두고 잠을 청할 수 있을까?

북풍의 세찬 바람 소리지만 어떻게 내 마음은 이렇게 고요할까? 아무 걱정이 없다. 이런 것을 무심(無心)이라고 하는가? 무아지경(無我之境)이라고 해야 하나?

겨울 이야기도 해 보자. 아침이 되면 눈이 와 있다.

시내와 달리 이곳은 많은 눈이 온다. 눈은 마당 깊이를 알 수 없을 정도로 많이 온다. 눈을 치우고 나면 어제저녁 가마솥에 데워둔 물로 세수를 한다. 여자들은 물이 좋아 스킨을 안 바르고 화장을 하지 않아도 피부가 좋다고 한다. TV도 라디오도 컴퓨터도 냉장고도 없다.

아침 햇살이 퍼질 즈음엔 산에 간다. 계곡마다 얼음이 얼어 바위를 감싸고 있고 눈이 수북이 쌓여 있다. 나무 나무마다 눈꽃 봉우리가 맺혀서 꽃얼음이 된다. 웅굴 둔지에 가면 가끔은 고라니들이 먹을 것이 없어 동네까지 내려와 기웃거린다.

바람이 귓가를 찢는다.

올라 올 때 비료 포대를 하나씩 가지고 온다. 동내 뒤 언덕은 우리의 썰매장이다. 몇 번만 올라갔다 내려오면 등어리에서는 김이 서린다.

그냥 좋다.
마냥 즐겁다.

그래서 우리 부부는 이것을 행복이라고 부른다.

『한국의 俗談』이라는 책엔 웃음과 지혜가 있습니다

- 내 배 부르니 평안감사가 조카 같다.
- 나간 머슴이 일은 잘했다.
- 나간 며느리가 효부였다.
- 나그네 먹던 김칫국 먹자니 더럽고 남 주자니 아깝다.
- 나무는 숲을 떠나 홀로 있으면 바람을 더 탄다.

- 낙동강 잉어가 뛰니 안방 빗자루도 뛴다.
- 낙락장송도 근본은 솔씨다.
- 남을 불쌍히 여기는 마음은 어진 시초이다.
- 남의 떡은 뺏어도 남의 복은 못 뺏는다.

- 일이 없다는 것이 가장 힘든 일이다.
- 없는 놈은 자는 재미밖에 없다.
- 없는 사람은 여름이 좋고 있는 사람은 겨울이 좋다.
- 없다 없다 해도 있는 것은 빚이다.
- 없을 때는 참아야 하고 있을 때는 아껴야 한다.
- 여름 불은 며느리가 때게 하고 겨울 불은 딸이 때게 한다.
- 예순이면 한 해가 다르고, 일흔이면 한 달이 다르고, 여든이면 하루가 다르다.
- 영감 주머니는 작아도 손이 들어가지만 아들 주머니는 커도 손이 안 들어간다.
- 오는 복은 기어오고 나가는 복은 날아간다.
- 어진 할아버지가 손자에게 거름이다.
- 운명 앞에 약 없다.
- 원수는 남이 갚는다.
- 자식이 잘났다고 하면 듣기 좋아해도 동생이 잘났다고 하면 듣기 싫어한다.
- 작은며느리를 봐야 큰며느리가 무던한 줄 안다.

- 겁쟁이는 죽기 전에 여러 번 죽는다.
- 저승길과 뒷간은 대신 못 간다.
- 젊어서는 하루가 짧아도 일 년은 길고, 늙어서는 하루는 길어도 일 년은 짧다.
- 좋아하면서도 그 나쁜 점은 알아야 하고 미워하면서도 그 좋은 점은 알아야 한다.
- 책망은 몰래 하고, 칭찬은 알게 하렸다.
- 초가삼간 다 타도 빈대 죽는 게 시원하다.
- 한 부모는 열 자식을 거느려도 열 자식은 한 부모를 못 거느린다.
- 아들 잘못 두면 한 집이 망하고, 딸을 잘못 두면 두 집이 망한다.
- 안방에 가면 시어머니가 옳고, 부엌에 가면 며느리 말이 옳다.
- 엎어진 김에 쉬어간다.
- 엎어진 놈이 자빠진 놈 일으킬 수 없다.
- 재수 없는 놈은 손자 밥 떠먹고도 포도청에 끌려간다.
- 정을 베는 칼은 없다.
- 지켜보는 가마솥은 더 늦게 끓는다.
- 이 福 저 福 해도 妻福(처복)이 제일이다.
- 보기 싫은 처도 빈방보다 낫다.
- 못생긴 며느리 제삿날에 병난다.
- 남 잘되는 꼴 못 보는 사람치고 자기 잘되는 꼴 보여준 적이 없다.
- 계집 때린 날 장모 온다.
- 국에 덴 사람은 냉수도 불고 마신다.

새롭게 생성되는 신조어들

세상은 급속히 변하고 있습니다.

특히 인터넷이나 SNS를 통해 빠르게 변화하는 신조어나 약자가 끝없이 많고 많이 있지만 일반적인 용어만 간추려 보았습니다. 나 몰라라 하기보다 자료를 드릴 테니 참고하여 보세요. (참고: 여기 자료는 인터넷 여기저기서 옮겨 왔습니다.)

1. 자주 쓰는 영어 약자
2. 많이 쓰는 명언(名言)
3. 한국어 준말
4. 사자성어(四子成語)
5. 고사성어(故事成語)
6. 널리 알려진 옛날 시조(時調)

1. 자주 쓰는 영어 약자

• LOL: 'Laughing out loud'의 줄임말
• ASAP: 'As Soon As Possible', '최대한 빨리'의 줄임말
• FYI: For your information, '참고로'라는 뜻
• G2G: Got to go, '이제 가야겠다'라는 뜻

- MSG: Message(메시지)의 줄임 표현

- TTYL: Talk to you later, '나중에 이야기하자'라는 뜻

- IMO: In my opinion, '내 생각에는'을 줄임

- BBL: be back later(이따 다시 올게, 잠시 후 또 올 거야)

- BFN: bye for now(당분간 안녕, 나중에 보자)

- BRB: be right back(잠깐 나갔다 올게)

- GA: go ahead(어서 말해 봐, 계속해 봐)

- GHB: Great Big hug(꼭 껴안아 줄게)

- HB: hug buck(나도 안아 줄게)

- HHJK: ha ha just kidding(하하, 농담이야)

- IHNI: I have no idea(난 모르겠어)

- IMHO: in my humble opinion(내 짧은 생각으로는)

- IMO: in my opinion(내 생각으로는)

- INET: Internet(인터넷)

- IOW: In other words(다시 말하자면)

- JAM: Just minute(잠깐만)

- JIC: Just in case(만일에)

- JK or J/K: Just Kidding(농담이야)

- KWIM: Do you know what I mean?(내 말 알겠니?)

- L: Laugh(웃자!)

- LOL: laughing out loudly(크게 웃자!)

- LMK: Let me know(알려 줘)

- LTNS: Long time no see(오랜만이야)

- NP: No Problem(문제없어, 괜찮아)

- OBTW: Oh, By the way!(참! 그런데)

- OIC: Oh, I see(알았어)

- OTOH: on the other hand(다른 한편으로는)

- SB: smile back(웃어 줄게)

- SEC: Wait a Second(Sec.는 Second의 약어)(잠깐, 잠시만)

- TTYL: talk to you later(나중에 얘기하자)

- WB: welcome back(다시 와줘서 반가워)

- AFAIK: As far as I know(내가 아는 한도 내서는)

- AFK: Away from keyboard(잠시 자리를 비울게요)

- A/S/L?: Age/sex/location?(나이, 성별, 사는 곳?)

- B4N: Bye for now(잠시, 안녕)

- BB: Bye, Bye.(안녕)

- BBIAB: Be back in a bit(곧 돌아올게요)

- BBL: Be back later(나중에 다시 돌아올게요)

- GAL: Get a life(똑바로 살아요)

- GL: Good luck(행운을 빌어요)

- GL2E: Good luck to everyone(모두에게 행운이 있기를 바랍니다)

- HAND: Have a nice day(좋은 하루 되길 빕니다)

- HAGN: Have a good night(좋은 밤 되세요)

- IC: I see(알았어요)

- ILU or ILY: I love you(당신을 사랑합니다)

- JK: Just kidding(농담입니다)

- L8R: Later(또 봐요)

1-1. 일반적인 영어 약자

- BFF: Best Friends Forever(절친)

- BRB: Be Right Back(곧 돌아올게)

- LOL: Laugh Out Loud(크게 웃다)

- TMI: Too Much Information(너무 많은 정보)

- FYI: For Your Information(참고로)

- IMO: In My Opinion(내 의견으로는)

- IDK: I Don't Know(모르겠어)

- OMG: Oh My God(오 마이 갓)

2. 많이 쓰는 명언(名言)

- 삶이 있는 한 희망은 있다. - 키케로

- 산다는 것 그것은 치열한 전투이다. - 로망 로랑

- 하루에 3시간을 걸으면 7년 후에 지구를 한 바퀴 돌 수 있다. - 사무엘 존슨

- 언제나 현재에 집중할 수 있다면 행복할 것이다. - 파울로 코엘료

- 진정으로 웃으려면 고통을 참아야 하며, 나아가 고통을 즐길 줄 알아야 해. - 찰리 채플린
- 직업에서 행복을 찾아라. 아니면 행복이 무엇인지 절대 모를 것이다. - 엘버트 허버드
- 신은 용기 있는 자를 결코 버리지 않는다. - 켄러
- 행복의 문이 하나 닫히면 다른 문이 열린다. 그러나 우리는 종종 닫힌 문을 멍하니 바라보다 우리를 향해 열린 문을 보지 못하게 된다. - 헬렌 켈러
- 피할 수 없으면 즐겨라. - 로버트 엘리엇
- 단순하게 살아라. 현대인은 쓸데없는 일 때문에 얼마나 복잡한 삶을 살아가는가? - 이드리스 샤흐
- 저 자신을 비웃어라. 다른 사람이 당신을 비웃기 전에. - 엘사 맥스웰
- 먼저 핀 꽃은 먼저 진다. 남보다 먼저 공을 세우려고 조급히 서둘 것이 아니다. - 채근담
- 행복한 삶을 살기 위해 필요한 것은 거의 없다. - 마르쿠스 아우렐리우스 안토니우스
- 한 번의 실패와 영원한 실패를 혼동하지 마라. - F.스콧 피츠제럴드
- 계단을 밟아야 계단 위에 올라설 수 있다. - 터키 속담
- 오랫동안 꿈을 그리는 사람은 마침내 그 꿈을 닮아 간다. - 앙드레 말로
- 좋은 성과를 얻으려면 한 걸음 한 걸음이 힘차고 충실하지 않으

면 안 된다. - 단테

- 행복은 습관이다. 그것을 몸에 지니라. - 허버드
- 성공의 비결은 단 한 가지, 잘할 수 있는 일에 광적으로 집중하는 것이다. - 톰 모나건
- 자신감 있는 표정을 지으면 자신감이 생긴다. - 찰스 다윈
- 평생 살 것처럼 꿈을 꾸어라. 그리고 내일 죽을 것처럼 오늘을 살아라. - 제임스 딘
- 네 믿음은 네 생각이 된다. 네 생각은 네 말이 된다. 네 말은 네 행동이 된다. 네 행동은 네 습관이 된다. 네 습관은 네 가치가 된다. 네 가치는 네 운명이 된다. - 간디
- 1퍼센트의 가능성, 그것이 나의 길이다. - 나폴레옹
- 고통이 남기고 간 뒤를 보라! 고난이 지나면 반드시 기쁨이 스며든다. - 괴테
- 꿈을 계속 간직하고 있으면 반드시 실현할 때가 온다. - 괴테
- 마음만을 가지고 있어서는 안 된다. 반드시 실천하여야 한다. - 이소룡
- 만약 우리가 할 수 있는 일을 모두 한다면 우리들은 우리 자신에 깜짝 놀랄 것이다. - 에디슨
- 눈물과 더불어 빵을 먹어 보지 않은 자는 인생의 참다운 맛을 모른다. - 괴테
- 사람이 여행을 하는 것은 도착하기 위해서가 아니라 여행하기 위해서이다. - 괴테

- 화가 날 때는 100까지 세라. 최악일 때는 욕설을 퍼부어라. - 마크 트웨인
- 돈이란 바닷물과도 같다. 그것은 마시면 마실수록 목이 말라진다. - 쇼펜하우어
- 고개 숙이지 마십시오. 세상을 똑바로 정면으로 바라보십시오. - 헬렌 켈러
- 고난의 시기에 동요하지 않는 것, 이것은 진정 칭찬받을 만한 뛰어난 인물의 증거다. - 베토벤
- 사막이 아름다운 것은 어딘가에 샘이 숨겨져 있기 때문이다. - 생텍쥐페리
- 만족할 줄 아는 사람은 진정한 부자이고, 탐욕스러운 사람은 진실로 가난한 사람이다. - 솔론
- 성공해서 만족하는 것은 아니다. 만족하고 있었기 때문에 성공한 것이다. - 알랭
- 곧 위에 비교하면 족하지 못하나, 아래에 비교하면 남음이 있다. - 명심보감
- 그대의 하루하루를 그대의 마지막 날이라고 생각하라. - 호라티우스
- 자신을 내보여라. 그러면 재능이 드러날 것이다. - 발타사르 그라시안
- 상은 고통으로 가득하지만 그것을 극복하는 사람들로도 가득하다. - 헬렌 켈러

- 용기 있는 자로 살아라. 운이 따라주지 않는다면 용기 있는 가슴으로 불행에 맞서라. - 키케로
- 최고에 도달하려면 최저에서 시작하라. - P.시루스
- 비장의 무기는 아직 손안에 있다. 그것은 희망이다. - 나폴레옹
- 일하여 얻으라. 그러면 운명의 바퀴를 붙들어 잡은 것이다. - 랄프 왈도 에머슨
- 당신의 행복은 무엇이 당신의 영혼을 노래하게 하는가에 따라 결정된다. - 낸시 설리번
- 자신이 해야 할 일을 결정하는 사람은 세상에서 단 한 사람, 오직 나 자신뿐이다. - 오손 웰스
- 가난은 가난하다고 느끼는 곳에 존재한다. - 에머슨
- 인생에 뜻을 세우는 데 있어 늦은 때라곤 없다. - 볼드윈
- 네 자신의 불행을 생각하지 않게 되는 가장 좋은 방법은 일에 몰두하는 것이다. - 베토벤
- 우는 두려움의 홍수에 버티기 위해서 끊임없이 용기의 둑을 쌓아야 한다. - 마틴 루터 킹
- 이미 끝나버린 일을 후회하기보다는 하고 싶었던 일들을 하지 못한 것을 후회하라. - 탈무드
- 실패는 잊어라. 그러나 그것이 준 교훈은 절대 잊으면 안 된다. - 하버트 개서
- 내가 헛되이 보낸 오늘은 어제 죽어간 이들이 그토록 바라던 하루이다. 단 하루면 인간적인 모든 것을 멸망시킬 수도 다시 소생

시킬 수도 있다. - 소포클레스

- 길을 잃는다는 것은 곧 길을 알게 된다는 것이다. - 동아프리카 속담
- 삶을 사는 데는 단 두 가지 방법이 있다. 하나는 기적이 전혀 없다고 여기는 것이고 또 다른 하나는 모든 것이 기적이라고 여기는 방식이다. - 알베르트 아인슈타인

3. 한국어 준말

- 흠좀무 - '흠, 이게 사실이라면 좀 무섭겠군요?'의 줄임말.
- 안습 - '안구에 습기가 차다'의 줄임말. 즉, 눈물 난다는 의미. 부정적 표현으로도 사용.
- 지못미 - '지켜 주지 못해 미안해'의 줄임말.
- 완소 - '완전 소중한'의 줄임말. 완소남, 완소녀 등 자주 쓰임.
- 얼짱 - '얼굴 짱'의 줄임말. 얼굴이 '아주 예쁘다'라는 뜻.
- 몸짱 - '몸의 짱'의 줄임말. 남자는 근육 있고, 여자는 날씬하고 S라인을 뜻함.
- 냉무 - '내용 없음'의 줄임말. 냉은 '내용'이고 무는 '없을 무' 한자임.
- 즐 - 상대방을 무시하거나 비꼴 때 쓰는 표현.
- 즐~ - 즐거운~를 뜻하며, 예를 들어 '즐공'은 '즐거운 공부', '즐겜'은 '즐거운 게임'이라는 뜻.
- 킹왕짱 - 지존. 1인자를 표현하며, 아주 대단하거나 기이한 사람

또는 사물을 표현.

- 병맛 - 짜증 나는 상대에게 사용함. 예를 들어 '아우, 쟤 병맛이야'.
- 쌩얼 - 민낯을 표현한 말로 안경을 안 쓰고 화장을 안 한 사람의 맨얼굴을 뜻함.
- OTL - 사람이 무릎 꿇고 좌절하고 있는 모습을 표현. O=사람 머리, T=팔, L=무릎 꿇은 다리.
- 눈팅 - 자료 등을 눈으로 보기만 하고 댓글이나 추천은 안 하는 행위의 표현.
- 짤방 - '잘(짤)림 방지 사진'을 뜻함.
- 움짤 - '움직이는 사진'을 뜻함.
- 까도남 - '까칠한 도시 남자'의 줄임말.
- 깜놀 - '깜짝 놀랐다'의 줄임말.
- 차도남, 차도녀 - '차가운 도시 남자', '차가운 도시 여자'의 줄임말.
- 생파 - 생일 파티
- 생선 - 생일 선물
- 베프 - '베스트 프렌드'의 줄임말
- 레알 - 'Real'을 그대로 읽은 것. '정말 진짜'의 의미.
- 듣보잡 - '듣도 보도 못한 잡스러운 것'의 줄임말.
- 열폭 - '열등감 폭발'의 줄임말.
- 솔까말 - '솔직히 까놓고 말해서'의 줄임말.
- 안여돼 - '안경+여드름+돼지'의 줄임말로, 오타쿠와 비슷한 말.
- 간지 나다 - '폼 난다, 뽀대 나다'와 비슷한 말.

- 볼매 - '볼수록 매력 있다'의 줄임말.

- 갈비 - '갈수록 비호감'의 줄임말.

- 갠소 - '개인 소장'의 줄임말.

- 걍 - '그냥'의 줄임말.

- 걸조 - '걸어 다니는 조각상'의 줄임말로, 꽃미남을 뜻함.

- 길막 - '길을 막는다'의 줄임말.

- 광클 - '미치도록 클릭하다'의 줄임말.

- 놀토 - '노는 토요일'의 줄임말.

- 므흣 - 수상쩍은 미소, 마음이 흡족하다는 의미.

- 무플 - 인터넷 게시물에 댓글이 없을 때.

- 문상 - '문화상품권'의 줄임말.

- 반삭 - 삭발보다는 길고 스포츠형보다는 짧은 머리 모양.

- 버닝 - 열정적으로, 열렬히, 엄청나게 빠져 있음을 뜻함.

- 버카 - '버스 카드'의 줄임말.

- 버카충 - '버스 카드 충전'의 줄임말.

- 버정 - '버스 정류장'의 줄임말.

- 비추 - '비추천'의 줄임말로 '추천하지 않는다'의 의미.

- 자삭 - '자신 삭제'의 줄임말. 자신이 올린 자료를 스스로 지운다는 뜻.

- 재접 - '재접속하다'의 줄임말로, 인터넷에 다시 접속함을 의미.

- 서이 - 서로 이웃

- 서이추 - 서로 이웃 추가

- 생정 - 생활 정보
- 훈생 - 훈녀 생활 정보
- 짧생 - 짧은 생활 정보
- 긴생 - 긴 생활 정보
- 블소 - 블로그 소개
- 링스 - 링크 스크랩
- 본스 - 본문 스크랩
- 도금 - 도용 금지
- 반모 - 반말 모드
- 존모 - 존댓말 모드
- 안게 - 안부 게시판
- 메게 - 메모 게시판
- 블질 - 블로그 활동
- 물갈이 - 서로 이웃 끊는 것
- 이뱅, 이벤 - 이벤트
- 웃사 - 웃긴 사진
- 인소 - 인터넷 소설
- 브금 - BGM(배경 음악)
- 자소 - 자기소개
- 팸 - 패밀리
- ㅇㅇ - 응응
- ㅋㅋ - 킥킥

- ㅎㅎ - 히히, 하하
- ㅂㅂ - 바이바이(잘가)
- ㅎㅇ - 하이(안녕)
- ㄱㅅ - 감사
- ㅇ? - 왜?
- ㅇㅋ - 오키(오케이: okey) 상대방 말의 긍정 표시
- ㄴㄴ - 노노(아니)
- ㅈㅅ - 죄송
- ㅁㄹ - 몰라
- ㅇㄷ - 어디
- ㅋㄷ - 키득
- ㅎㄱ - 허걱(가끔 당황할 때 쓰는 표현)
- ㄷㄷ - 덜덜(무섭거나 그럴 때)
- ㄷㅊ - 닥쳐
- ㄲㅈ - 꺼져
- ㄱㄷ - 기달(기다려)
- ㄱㄱㅆ - 고고씽
- ㅎㄹ - 헐(놀람, 허무함, 신기함, 실망 등의 감정 표현)
- ㅊㅋ - 추카(축하)
- ㅈㄹ - 지랄
- ㄱㄱ - 고고(시작, 출발)
- ㄲㅈ - 꺼져

- ㅉㅉ – 쯧쯧
- ㄷㄹ – 들림
- ㅅㄱ – 수고
- ㄹㄷ – 레디(준비)

4. 사자성어(四字成語)

(註) 사자성어(四字成語)는 모두 한자어 네 글자로 이루어진 중국 고전에서 유래한 표현으로, 관용구의 일종으로 보편적인 의미나 교훈을 전달합니다. 고사성어(故事成語)는 특정한 이야기나 역사적 사건에서 유래된 성어로, 주로 교훈이나 도덕적 메시지를 담고 있습니다.

이번 자료를 정리하며 우리가 일상 생활하며 부지불식(不知不識) 간에 이렇게 많이 사자성어를 말하고 듣고 읽고 보고 했구나 제 자신도 놀랐습니다. 내용이 많았지만 우리가 매일같이 사용하는 내용만 추려서 올립니다. 귀한 자료라 생각하시고 끝까지 읽어 보시면 여러분에게 멋진 선물이 될 것입니다.

- 고진감래(苦盡甘來): 괴로움이 다하면 달콤함이 온다는 뜻
- 구사일생(九死一生): 아홉 번 죽을 뻔하다 한 번 살아난다는 뜻
- 과유불급(過猶不及): 정도가 지나친 것은 부족한 것보다 못하다는 말

- 다다익선(多多益善): 많으면 많을수록 더욱 좋다는 말
- 대동소이(大同小異): 큰 차이가 없이 거의 같고 조금 다르다는 말
- 동병상련(同病相憐): 같은 병을 앓는 사람끼리 서로 가엾게 여긴다는 뜻
- 문전성시(門前成市): 문 앞이 시장을 이룬다는 뜻
- 백발백중(百發百中): 백 번 쏘아 백 번 맞춘다는 뜻
- 사면초가(四面楚歌): 동서남북 사방에서 들려오는 초나라의 노래라는 뜻
- 살신성인(殺身成仁): 자기 몸을 희생하여 옳은 일을 이룬다는 뜻
- 설상가상(雪上加霜): 눈 위에 서리까지 더한다는 뜻
- 아전인수(我田引水): 자기 논에 물 대기라는 뜻
- 역지사지(易地思之): 입장을 바꾸어 다른 사람의 처지에서 생각하라는 말
- 우이독경(牛耳讀經): 쇠귀에 경 읽기라는 뜻
- 자업자득(自業自得): 자기의 일은 자기가 받는다는 뜻
- 청출어람(靑出於藍): 제자가 스승보다 나음을 비유하여 이르는 말
- 촌철살인(寸鐵殺人): 한 치의 칼로 사람을 죽인다는 뜻
- 타산지석(他山之石): 다른 산의 돌이라는 뜻
- 토사구팽(兔死狗烹): 토끼가 죽으면 사냥개를 없앤다는 뜻
- 파죽지세(破竹之勢): 대나무를 쪼개는 기세라는 뜻
- 풍전등화(風前燈火): 바람 앞에 놓인 등불이라는 뜻
- 함흥차사(咸興差使): 심부름을 간 사람이 아무 소식이 없음

- 佳人薄命(가인박명): 아름다운 여인은 운명이 박함을 이르는 말
- 刻骨難忘(각골난망): 입은 은혜에 대한 고마운 마음이 뼈에 사무쳐 잊혀지지 않음
- 各樣各色(각양각색): 여러 가지 모양과 빛깔. 제각기 다양한 모습들
- 角者無齒(각자무치): 뿔이 있으면 이가 없다는 뜻
- 艱難辛苦(간난신고): 몹시 고되고 괴로움. 어려움을 견디며 몹시 애씀
- 肝膽相照(간담상조): 간과 쓸개가 서로 비춤, 곧 서로 생각하는 바가 통함
- 甘言利說(감언이설): 달콤한 말과 이로운 조건을 내세워 남을 꾀는 말
- 甘呑苦吐(감탄고토): 달면 삼키고 쓰면 뱉는다는 뜻
- 甲男乙女(갑남을녀): 일반적인 평범한 사람들을 이르는 말
- 改過遷善(개과천선): 잘못을 고치고 옳은 길에 들어섬
- 去頭截尾(거두절미): 앞뒤의 잔말을 빼고 요점만 말함
- 居安思危(거안사위): 편안한 때에 앞으로 닥칠 위태로움을 생각함
- 乾坤一擲(건곤일척): 운명과 흥망성쇠를 걸고 단판걸이로 승부나 성패를 겨룸
- 見利思義(견리사의): 이익을 보면 의리에 맞는가 어떤가를 먼저 생각해야 함
- 犬馬之勞(견마지로): 개나 말 정도의 하찮은 힘이란 뜻으로 자기의 노력을 낮추어 일컫는 말

- 見物生心(견물생심): 물건을 보면 갖고 싶은 욕심이 생김
- 結者解之(결자해지): 맺은 사람이 풀어야 한다는 뜻
- 傾國之色(경국지색): 임금이 혹하여 나라를 위태롭게 할 정도의 미인이라는 뜻
- 輕擧妄動(경거망동): 경솔하고 망령되게 행동함
- 驚天動地(경천동지): 하늘이 놀라고 땅이 움직인다는 뜻
- 鷄口牛後(계구우후): 소의 꼬리보다는 닭의 부리가 되라는 뜻
- 鷄群一鶴(계군일학): 평범한 사람들 가운데 뛰어난 한 사람이 섞여 있음
- 惑世誣民(혹세무민): 세상 사람을 미혹하게 하여 속임
- 孤軍奮鬪(고군분투): 고립된 군사력으로 분발하여 싸움
- 膏粱珍味(고량진미): 기름지고 맛있는 음식
- 苦盡甘來(고진감래): 고생 끝에 즐거움이 온다는 말
- 骨肉相爭(골육상쟁): 뼈와 살이 서로 싸움. 동족끼리 서로 싸움을 비유
- 空中樓閣(공중누각): 공중에 누각을 지음과 같이 근거가 없는 가공의 사물을 말함
- 誇大妄想(과대망상): 터무니없이 과장하여 엉뚱하게 생각함
- 過猶不及(과유불급): 지나침은 미치지 못함과 같다는 뜻
- 瓜田李下(과전이하): 의심받을 행동은 처음부터 해서는 안 됨
- 管鮑之交(관포지교): 관중(管仲)과 포숙아(鮑叔牙)의 사귐이 매우 친밀하였다는 것

- 刮目相對(괄목상대): 상대방의 학문이나 기술 등이 전에 비하여 크게 발전하였음을 이르는 말
- 矯角殺牛(교각살우): 소의 뿔을 바로잡으려다가 소를 죽인다는 뜻
- 九曲肝腸(구곡간장): 굽이굽이 깊이 서린 창자라는 뜻
- 九死一生(구사일생): 여러 번 죽을 고비를 넘기고 간신히 살아남
- 口尙乳臭(구상유취): 입에서 아직 젖내가 난다는 뜻

5. 고사성어(故事成語)

- 가가대소(呵呵大笑): 한바탕 껄껄 웃음
- 가가호호(家家戶戶): 집집마다
- 가화만사성(家和萬事成): 집안이 화목하면 모든 일이 잘 이루어짐
- 감개무량(感慨無量): 아무 말도 하지 못할 정도로 가슴 가득히 절실히 느끼는 것. 출전은 불경
- 감불생심(敢不生心): 감히 엄두도 내지 못함
- 감언이설(甘言利說): 귀가 솔깃하도록 남의 비위를 맞추거나 이로운 조건을 내세워 꾀는 말
- 감지덕지(感之德之): 이를 감사(感謝)하게 생각하고 이를 덕(德)으로 생각한다는 뜻
- 개과천선(改過遷善): 지난날의 잘못이나 허물을 고쳐 올바르고 착하게 됨
- 거두절미(去頭截尾): 어떤 일의 핵심만 간단히 말함

- 격세지감(隔世之感): 그리 오래지 않은 동안에 바뀌어서 딴 세대(世代)가 된 것 같은 느낌
- 견원지간(犬猿之間): 개와 원숭이가 서로 원수로 생각하는 사이
- 결사항전(決死抗戰): 전쟁터에서 죽기를 각오하고 결심하여 기세함을 말함
- 고색창연(古色蒼然): 오래되어 옛 빛이 저절로 드러나 보이는 모양
- 고정관념(固定觀念): 사람들의 행동을 결정하는 잘 변하지 않는 굳은 생각
- 공생공사(共生共死): 함께 죽고 함께 산다
- 공존공영(共存共榮): 함께 살며 함께 번영함
- 공수래 공수거(空手來 空手去): 빈손으로 왔다가 빈손으로 떠난다는 뜻
- 공평무사(公平無私): 공평하여 사사로움이 없다는 말
- 구사일생(九死一生): 거의 죽을 뻔하다가 살아남
- 구중궁궐(九重宮闕): 겹겹이 문으로 막은 깊은 궁궐 또는 임금이 있는 대궐 안을 말함
- 구태의연(舊態依然): 전혀 변함도 없고 발전도 없는 모습을 말함
- 금의환향(錦衣還鄉): 크게 성공하거나 좋은 결과를 얻어서 돌아옴
- 기상천외(奇想天外): 아주 기이하고 엉뚱한 생각
- 기세등등(氣勢騰騰): 기세가 매우 높고 힘찬 모양
- 기정사실(旣定事實): 이전의 상태로 돌이킬 수 없게 된 사실을 말함
- 기절초풍(氣絶招風): 기절하거나 까무러칠 정도로 몹시 놀라 질겁

하다는 뜻

- 기진맥진(氣盡脈盡): 기운과 의지력이 다하여 스스로 가누지 못할 지경
- 기묘난사(奇妙難思): 기묘해서 생각할 수도 없고 의론할 수 없음
- 낙락장송(落落長松): 키가 큰 소나무. 출전은 성삼문의 시조
- 낙심천만(落心千萬): 바라던 일을 이루지 못하여 마음이 몹시 상함
- 노기충천(怒氣沖天): 성난 기색(氣色)이 하늘을 찌를 정도
- 노발대발(怒發大發): 몹시 화가 나 크게 성을 냄
- 뇌성벽력(雷聲霹靂): 천둥소리와 벼락을 아울러 이르는 말
- 논리정연(論理井然): 짜임새가 있고 조리가 있다
- 다사다난(多事多難): 여러 가지 일도 많고 어려움이나 탈도 많음
- 다재다능(多才多能): 진서(晉書)에 나오는 구절로 재주와 능력이 많다는 뜻
- 단도직입(單刀直入): 요점(要點)이나 본문제의 중심을 곧바로 말함
- 단순명료(單純明瞭): 복잡한 것을 잘 이해할 수 있게 만드는 것
- 당동벌이(黨同伐異): 뜻이 같은 자는 무리를 삼고 다른 자는 공격한다
- 당연지사(當然之事): 마땅히 그렇게 하여야 하거나 되리라고 여겨지는 일을 말함
- 대경실색(大驚失色): 몹시 놀라 얼굴빛이 변함
- 대담무쌍(大膽無雙): 대담하기가 어디에도 비할 바가 없음
- 대대손손(代代孫孫): 오래도록 내려오는 여러 대

- 대도무형(大道無形): 형상이나 형체가 없는 보이지 않는 큰 존재
- 대동소이(大同小異): 비교하는 것이 서로 비슷하다는 말
- 대명천지(大明天地): 아주 환하게 밝은 세상
- 독수공방(獨守空房): 부부가 서로 사별하거나 별거하여 배우자 없이 혼자 지내는 것
- 독야청청(獨也靑靑): 혼자 푸르다는 뜻으로, 혼탁한 세상에서 홀로 높은 절개를 지킴
- 동서남북(東西南北): 여러 방향 또는 사방(四方)
- 동시다발(同時多發): 같은 시기에 많이 발생함
- 득의만면(得意滿面): 일이 뜻대로 이루어져서 기쁜 표정
- 막무가내(莫無可奈): 도무지 어찌할 수 없음. 순우리말 쇠고집
- 막역지우(莫逆之友): 서로 거스르지 않는 친구를 말함
- 막전막후(幕前幕後): 시작과 끝나는 과정에서 가려진 숨은 뒷이야기나 속사정을 말함
- 만고불변(萬古不變): '늘 그대로'라는 단어를 써야 한다
- 만고충절(萬古忠節): 세상에 비길 데가 없는 충성스러운 절개
- 만고풍상(萬古風霜): 불경에 나오는 말로 사는 동안에 겪은 많은 고생(苦生)
- 만산홍엽(滿山紅葉): 단풍이 들어 온 산이 붉게 물들어 있음을 의미
- 만수무강(萬壽無疆): 아무 탈 없이 오래오래 삶을 말한다
- 만신창이(滿身瘡痍): 온몸이 상처투성이가 되거나 일이 아주 엉망이 됨을 비유

- 만인만색(萬人萬色): 단일한 시각에 반대하고 다양한 해석을 말한다
- 망망대해(茫茫大海): 한없이 크고 넓은 바다
- 명견만리(明見萬理): 앞날의 일을 정확하게 내다보다
- 명문대가(名門大家): 이름이 나고 세력이 있는 큰 집
- 명명백백(明明白白): 의심의 여지가 전혀 없을 만큼 아주 뚜렷하다
- 명실상부(名實相符): 이름과 실제의 상황이나 능력이 서로 들어맞는다
- 명약관화(明若觀火): 불 보듯 뻔하다는 뜻
- 목불인견(目不忍見): 눈으로 차마 보지 못하는 광경이나 참상을 말함
- 무궁무진(無窮無盡): 끝이 없고 다함이 없음. 출전은 구양수의 답사행(踏莎行)
- 무골호인(無骨好人): 줏대 없이 물렁하여 남의 비위에 두루 맞는 사람을 말한다
- 무념무상(無念無想): 불경에 나온 말로 무아(無我)의 경지에 이름
- 무법천지(無法天地): 제도와 질서가 문란하여 법이 없는 것 같은 세상을 말한다
- 무미건조(無味乾燥): 따분하고 재미없는 글월 또는 재미없고 똑같은 기계 같은 일
- 무색무취(無色無臭): 아무 빛깔과 냄새가 없거나 허물이 없이 깨끗함을 비유하여 이르는 말
- 무용지물(無用之物): 쓸모가 없는 사람이나 물건을 말한다
- 무인지경(無人之境): 아무것도 거칠 것이 없는 판 또는 사람이 없

는 외진 곳을 말한다

- 묵묵부답(默默不答): 묻는 말에 잠자코 입을 다문 채 아무런 대답도 하지 않음
- 물심양면(物心兩面): 물질적인 면과 정신적인 면의 양면을 말한다
- 미남미녀(美男美女): 외형이 잘생긴 남자 또는 여자를 말함
- 박수갈채(拍手喝采): 감동을 표현하기 위해 양손으로 두드리는 것을 말함
- 박장대소(拍掌大笑): 손뼉을 치며 크게 웃음
- 반신반의(半信半疑): 얼마쯤 믿으면서도 한편으로는 의심함
- 발본색원(拔本塞源): 좋지 않은 일의 근원을 없앰. 어떤 폐단의 뿌리를 뽑음
- 방방곡곡(坊坊曲曲): 나라 안의 모든 곳
- 백년해로(百年偕老): 한평생을 사이좋게 지내고 즐겁게 함께 늙어감
- 백문백답(百問百答): 많은 질문과 답변
- 백전백패(百戰百敗): 백번 싸워도 패한다는 뜻
- 병가상사(兵家常事): 실패는 흔히 있는 일이니 낙심할 것 없다는 뜻
- 부귀영화(富貴榮華): 지위가 높으며 귀하게 되어 세상 영광을 누림
- 부지불식(不知不識): 생각하지도 못하고 알지도 못하는 사이
- 불가살이(不可殺伊): 죽이는 것이 가능하지 않거나 말나 뜻
- 불가형언(不可形言): 말로는 이루 다 나타낼 수 없음
- 불광불급(不狂不及): 미치지 않고서는 미치지(도달하지) 못한다는 뜻
- 불문가지(不問可知): 묻지 않아도 알 수 있음

- 불문곡직(不問曲直): 옳고 그른 것을 묻지도 않고 함부로 마구 대함
- 불요불급(不要不急): 필요하지도 않고 급하지도 않음
- 불원천리(不遠千里): 먼 길도 마다하지 않고 찾아옴
- 불평불만(不平不滿): 마음에 들지 않아 못마땅하며 마음에 차지 아니함
- 붕우유신(朋友有信) : 벗 사이에는 믿음이 있어야 한다
- 비일비재(非一非再): 어떤 현상이나 사실이 한두 번이나 한둘이 아니고 많음
- 사리사욕(私利私慾): 개인의 사사로운 이익과 욕심를 말함
- 사리분별(事理分別): 나눠서 새롭게 판단을 재구성할 수 있는 능력을 말한다
- 사방천지(四方天地): 하늘과 땅을 아우르는 온 세상
- 사전작업(事前作業): 본작업 하기 전까지의 모든 일로 영화에서 쓰이는 말
- 사통팔달(四通八達): 사방으로 통하고 팔방으로 닿아 있음
- 상부상조(相扶相助): 서로서로 돕다
- 상선약수(上善若水): 최상의 선은 물과 같다
- 상하좌우(上下左右): 위(상), 아래(하), 왼쪽(좌), 오른쪽(우)을 함께 지칭하는 말
- 생로병사(生老病死): 나고 늙고 병들고 죽음
- 생사고락(生死苦樂): 괴로움과 즐거움을 아울러 이르는 말
- 생사기로(生死岐路): 존속하느냐 없어지느냐 하는 갈림길

- 소이부답(笑而不答): 웃을 뿐 말이 없다
- 속수무책(束手無策): 어찌할 도리가 없어 손을 묶은 듯이 꼼짝 못 함
- 솔선수범(率先垂範): 남보다 앞장서서 행동하여 몸소 다른 사람의 본보기가 됨
- 수복강녕(壽福康寧): 오래 살고 복을 누리며 건강하고 평안함을 의미
- 시기적절(時期適切): 때에 아주 알맞음
- 시시각각(時時刻刻): 시간이 흐르는 시각
- 시종일관(始終一貫): 처음부터 끝까지 한결같이 함
- 신신당부(申申當付): 거듭하여 간곡히 하는 부탁
- 신통방통(神通龐統): 신기할 정도로 묘하다
- 실사구시(實事求是): 사실에 토대를 두어 진리를 탐구하는 일
- 심기일전(心機一轉): 어떤 계기로 그 전까지의 생각을 뒤집듯이 바꿈
- 심사숙고(深思熟考): 깊이 잘 생각해 봄
- 아연실색(啞然失色): 뜻밖의 일에 너무 놀라 얼굴빛이 변함
- 악전고투(惡戰苦鬪): 매우 어려운 조건을 무릅쓰고 힘을 다하여 고생스럽게 싸운다는 의미
- 악화일로(惡化一路): 비우호적인, 잘못된 길(방향, 과정)로 나간다는 의미
- 애매모호(曖昧模糊): 말이나 태도 따위가 흐리터분하고 분명하지 못함
- 애지중지(愛之重之): 매우 사랑하고 소중히 여기는 모양
- 양수겸장(兩手兼將): 한 가지 일로 두 가지를 얻음이라는 뜻

- 영구불변(永久不變): 영원히 변하지 않음
- 오곡백과(五穀百果): 온갖 곡식과 여러 가지 과실을 말한다
- 오매불망(寤寐不忘): 시경에 나오는 말로 자나 깨나 잊지 못함
- 오밀조밀(奧密稠密): 꼼꼼하고 자상한 모양 또는 세밀하고 교묘한 모양
- 옥석구분(玉石俱焚): 옥과 돌이 같이 불탐. 선악 구분 없이 멸망함
- 완전무결(完全無缺): 충분히 갖추어져 있어 아무런 결점이 없음을 말한다
- 왈가왈부(曰可曰否): 옳다거니 그르다거니 하고 말함
- 우여곡절(迂餘曲折): 뒤얽혀 복잡해진 사정 또는 어려운 일을 거친다는 의미
- 우왕좌왕(右往左往): 화엄경에 나오는 말로 나아가는 방향을 종잡지 못하는 모양
- 욱일승천(旭日昇天): 아침 해가 하늘로 떠오르는 것을 의미한다
- 원기왕성(元氣旺盛): 마음과 몸의 활동력이 한창 성함
- 원천봉쇄(源泉封鎖): 사람이나 집단이 일을 하지 못하도록 근원적으로 막는 것
- 위험천만(危險千萬): 행동이나 사건이 대단하게 위험하기 짝이 없다
- 유구무언(有口無言): 변명이나 항변할 말이 없음을 말한다
- 유야무야(有耶無耶): 있는 듯 없는 듯 흐지부지한 것을 말한다
- 유일무이(唯一無二): 오직 하나만 있고 둘은 없음
- 유해무득(有害無得): 피해만 있고 이득은 하나도 없음

- 유혈참극(流血慘劇): 피를 흘리며 싸우는 참혹한 현상
- 유형무형(有形無形): 모양이 있고 형체(形體)가 있는지 없는지 분명하지 아니함
- 의기소침(意氣鎖沈): 기운이 없어지고 풀이 죽음
- 의기투합(意氣投合): 마음이 서로 맞음
- 의미심장(意味深長): 뜻이 매우 깊다
- 의식불명(意識不明)=혼수(昏睡)
- 이목구비(耳目口鼻): 귀, 눈, 입, 코를 아울러 이르는 말
- 이실직고(以實直告): 사실 그대로 고함
- 이심전심(以心傳心): 마음과 마음으로 서로 뜻이 통함
- 이역만리(異域萬里): 다른 나라 또는 아주 먼 곳
- 이왕지사(已往之事): 이미 지나간 일을 말함
- 이팔청춘(二八靑春): 꽃다운 청춘 또는 혈기 왕성한 젊은 시절
- 이합집산(離合集散): 헤어졌다가 모였다가 하는 일을 말한다
- 이해득실(利害得失): 이로움과 해로움. 또는 얻음과 잃음을 말함
- 인사불성(人事不省): 제 몸에 벌어지는 일을 모를 정도로 정신이 혼미함
- 인산인해(人山人海): 많은 사람이 모여 있는 상태
- 인수인계=인계인수(引繼引受): 넘겨받음
- 인정사정(人情事情): 인정과 사정을 아울러 이르는 말
- 일가친척(一家親戚): 동성동본(同姓同本)의 일가와 외척
- 일기일회(一期一會): 평생동안 단 한 번의 만남을 말한다

- 일도양단(一刀兩斷): 어떤 일을 머뭇거리지 않고 선뜻 결정함
- 일맥상통(一脈相通): 어떠한 점에서 서로 통한다는 의미
- 일목요연(一目瞭然): 한 번 보고 대번에 알 수 있을 만큼 분명하고 뚜렷하다
- 일문일답(一問一答): 하나의 물음에 대하여 하나씩 대답하는 것을 말한다
- 일상생활(日常生活): 평상시의 생활
- 일생일대(一生一大): 사람이 살아가는 동안 가장 중요함
- 일사불란(一絲不亂): 질서정연하여 조금도 어지러운 데가 없음
- 일언반구(一言半句): 극히 짧은 말이나 글의 비유
- 일언지하(一言之下): 한 마디로 잘라 말함
- 일엽편주(一葉片舟): 한 척의 조그마한 배
- 일자천금(一字千金): 글자 하나가 천금의 가치가 있을 정도로 문장이 훌륭함
- 일조일석(一朝一夕): 짧은 시일
- 일진일퇴(一進一退): 한 번 나아갔다 한 번 물러섰다 함
- 일편단심(一片丹心): 진심에서 우러나오는 변치 아니하는 마음
- 일확천금(一攫千金): 힘들이지 않고 단번에 많은 재물을 얻음
- 입신양명(立身揚名): 출세하여 이름을 세상에 떨침
- 어불성설(語不成說): 조리가 맞지 않아 도무지 말이 되지 않음
- 자유분방(自由奔放): 격식이나 관습에 얽매이지 않고 행동이 자유롭다

- 자유자재(自由自在): 자기의 뜻대로 모든 것이 자유롭고 거침이 없음
- 자천타천(自薦他薦): 자신이 스스로 추천하거나 다른 사람이 자신을 추천함
- 자중지란(自中之亂): 같은 패 안에서 일어나는 싸움
- 자초지종(自初至終): 처음부터 끝까지의 과정
- 적재적소(適材適所): 알맞은 자리에 씀
- 전광석화(電光石火): 몹시 짧은 시간이나 재빠른 동작이라는 말
- 전도유망(前途有望): 앞으로 잘될 희망이 있음
- 전심전력(全心全力): 온 마음과 온 힘
- 전후사정(前後事情): 어떤 일이 생겨나기 전과 생겨난 후의 사정
- 전후좌우(前後左右): 앞뒤 쪽과 왼쪽·오른쪽을 말함
- 조령모개(朝令暮改): 변덕스럽게 자꾸 고침
- 족탈불급(足脫不及): 능력, 역량, 재주 등이 아주 모자라 남을 따르지 못함
- 졸졸요당(猝猝了當): 손쓸 틈 없이 끝난다는 뜻
- 종묘사직(宗廟社稷): 왕실과 나라를 함께 이르는 말
- 좌불안석(坐不安席): 불안·근심 등으로 자리에 가만히 앉아 있지를 못함
- 좌우지간(左右之間): 정도나 조건 등이 어떻게 되어 있든 지 간에 라는 뜻
- 좌지우지(左之右之): 제 마음대로 처리하거나 다루는 것
- 주마간산(走馬看山): 사물을 대충 훑어본다는 의미

- 주색잡기(酒色雜技): 술과 계집과 노름
- 줄탁동시(啐啄同時): 안과 밖에서 함께해야 일이 이루어진다
- 중언부언(重言復言): 이미 한 말을 자꾸 되풀이함
- 지극정성(地極精誠): 더할 수 없이 극진한 정성
- 지지부진(遲遲不進): 매우 더뎌 일이 잘 진척되지 않음
- 지행일치(知行一致): 지식과 행동이 한결같이 서로 맞음
- 지행합일(知行合一): 앎과 행동이 서로 들어맞는다
- 차일피일(此日彼日): 이날 저날로 기한을 미루는 모양
- 천신만고(千辛萬苦): 온갖 어려운 고비를 다 겪으며 심하게 고생함
- 천만다행(千萬多幸): 목숨을 부지할 정도로 매우 다행함
- 천부당만부당(千不當萬不當): 전혀 근거나 사리나 이치에 맞지 않거나 옳지 않음
- 천양지차(天壤之差): 하늘과 땅 차이. 차이점이 심하다는 의미로 서로 다름을 말함
- 천지조화(天地造化): 하늘과 땅이 일으키는 여러 가지 신비스러운 조화
- 천태만상(千態萬象): 세상 사물이 한결같지 아니함
- 천하절색(天下絶色): 세상에 드문 아주 뛰어난 미인(美人)
- 천화동인(天火同人): 여러 사람들이 함께하는 이유는 하나여야 한다는 의미
- 천편일률(千篇一律): 여럿이 개별적 특성이 없이 모두 엇비슷함
- 청렴결백(淸廉潔白): 마음이 맑고 곧아 뒤로 검은 데가 전혀 없는 것

- 청산유수(靑山流水): 푸른 산과 맑은 물 또는 막힘없이 잘하는 말을 비유
- 측은지심(惻隱之心): 어려움에 처한 사람을 애처롭게 여기는 마음
- 초록동색(草綠同色): 처지가 같은 사람들끼리 한편이 되는 경우
- 초전박살(初戰搏殺): 싸움이 시작되자마자 손으로 상대방을 쳐서 죽임
- 추풍낙엽(秋風落葉): 어떤 형세나 세력이 기울어지거나 단번에 헤어져 흩어짐
- 취사선택(取捨選擇): 여럿 가운데서 쓸 것은 골라 쓰고 버릴 것은 버림
- 태연자약(泰然自若): 마음에 어떠한 충동을 받아도 움직임이 없이 천연스러움
- 파안대소(破顔大笑): 얼굴빛을 부드럽게 하여 크게 웃음
- 패역무도(悖逆無道): 사람으로서 마땅히 하여야 할 순리를 거슬러 사람다운 데가 없음
- 풍기문란(風紀紊亂): 풍속과 풍습에 대한 규율이 어지러운 것을 말함
- 풍찬노숙(風餐露宿): 객지에서 겪는 많은 고생
- 필부필부(匹夫匹婦): 평범한 남녀
- 한담객설(閑談客說): 심심풀이로 하는 실없는 말
- 허송세월(虛送歲月): 하는 일 없이 세월만 헛되이 보냄
- 허심탄회(虛心坦懷): 거리낌이 없는 솔직한 마음

- 허무맹랑(虛無孟浪): 터무니없이 허황하고 실상(實相)이 없다는 말
- 혈혈단신(孑孑單身): 세상 어디 의지할 곳도 없고 홀로 외로운 몸을 말함
- 형형색색(形形色色): 형상과 빛깔 따위가 서로 다른 여러 가지를 말함
- 호색방탕(好色放蕩): 술, 성적 쾌락, 도박 등에 빠져 바르게 살지 못함
- 호연지기(浩然之氣): 사람의 마음에 차 있는 너르고 크고 올바른 기운
- 호형호제(呼兄呼弟): 매우 가까운 친구 사이로 지냄을 이르는 말
- 화려강산(華麗江山): 아름다운 강산
- 회자정리(會者定離): 만나면 언젠가는 헤어지기 마련
- 후회막급(後悔莫及/后悔莫及): 일이 잘못된 뒤에 뉘우쳐도 어찌할 수가 없음
- 휘황찬란(輝煌燦爛): 광채가 눈부시게 빛남
- 흥청망청(興淸亡淸): 흥청거리며 돈·물건 따위를 아끼지 않고 마구 쓰는 것
- 희희낙락(喜喜樂樂): 매우 기뻐하고 즐거워함

※ 많은 자료 중 우리가 널리 사용하는 것만 올렸습니다

동지(冬至)날이다

동지는 24절기 중 22번째에 해당하며, 일반적으로 12월 21일 또는 22일경에 발생하며, 대설과 소한 사이에 있으며 음력 11월 중, 양력 12월 22일경이다.

일 년 중에서 밤이 가장 길고 낮이 가장 짧은 날이다. 중국 주(周)나라에서 동지를 설로 삼은 것은 이 날을 생명력과 광명의 부활이라고 생각하였기 때문이며, 역경의 복괘(復卦)를 11월, 즉 자월(子月)이라 해서 동짓달부터 시작한 것도 동지와 부활이 같은 의미를 지닌 것으로 판단하였기 때문이다. 민간에서는 흔히 '작은 설'이라 한다. 태양의 부활을 뜻하는 큰 의미를 지니고 있어서 설 다음 가는 작은 설의 대접을 받은 것이다.

그 유풍은 오늘날에도 여전해서 '동지팥죽을 먹어야 진짜 나이를 한 살 더 먹는다.'는 말을 하고 있다. 동짓날에는 동지팥죽 또는 동지두죽(冬至豆粥)·동지시식(冬至時食)이라는 오랜 관습이 있는데, 팥을 고아 죽을 만들고 여기에 찹쌀로 새알심 단자(團子)를 만들어 넣어 끓인다.

동짓날의 팥죽은 시절식(時節食)의 하나이면서 신앙적인 뜻을 지니고 있다. 즉, 팥죽에는 축귀(逐鬼)하는 기능이 있다고 보았으니, 집안의 여러 곳에 놓는 것은 집 안에 있는 악귀를 모조리 쫓아내기 위한 것이고, 사당에 놓는 것은 천신(薦新)의 뜻이 있다.

팥은 색이 붉어 양색(陽色)이므로 음귀(陰鬼)를 쫓는 데에 효과가 있다고 믿었으며 민속적으로 널리 활용되었다. 전염병이 유행할 때에 우물에 팥을 넣으면 물이 맑아지고 질병이 없어진다고 하며, 사람이 죽으면 팥죽을 쑤어 상가에 보내는 관습이 있는데 이는 상가에서 악귀를 쫓기 위한 것이다.

동지팥죽을 문 근처 벽에 뿌리는 것 역시 악귀를 쫓는 축귀 주술행위의 일종이다. 동짓날 팥죽을 쑤게 된 유래는, 중국의 『형초세시기(荊楚歲時記)』에 의하면, 공공씨(共工氏)의 망나니 아들이 동짓날에 죽어서 역신(疫神)이 되었다고 한다. 그 아들이 평상시에 팥을 두려워하였기 때문에 사람들이 역신을 쫓기 위하여 동짓날 팥죽을 쑤어 악귀를 쫓았다는 것이다.

민간에서는 동짓날 부적으로 악귀를 쫓고, 뱀 '蛇(사)' 자를 써서 벽이나 기둥에 거꾸로 붙여 뱀이 들어오지 못하게 하는 풍습이 있다. 또 동짓날 일기가 온화하면 다음 해에 질병이 많아 사람이 죽는다고 하며, 눈이 많이 오고 날씨가 추우면 풍년이 들 징조라고 전한다.

여기서 24절기에 대하여 알아봅시다

천문학적 관찰: 고대 농업 사회에서는 계절의 변화가 농작물의 성장과 수확에 큰 영향을 미쳤기 때문에, 천문학적 현상(예: 태양의 위치, 계절의 변화)을 관찰하여 이를 기록했습니다.

계절 구분: 태양의 위치에 따라 한 해를 24개의 절기로 나누어, 각 절기가 특정한 기후와 농사 활동에 맞는 시기를 나타내도록 하였습니다. 이 절기는 주로 춘분, 하지, 추분, 동지와 같은 주요 절기를 기준으로 하여 설정되었습니다.

농업의 필요성: 농업이 중요한 생계 수단이었던 고대 사회에서는 농사일을 효율적으로 관리하기 위해 이러한 절기 체계가 필요했습니다. 각 절기는 농작물의 파종, 수확, 관리 시기를 알려 주는 역할을 했습니다.

문화적 전파: 24절기는 중국에서 시작되어 한국, 일본, 베트남 등 다른 동아시아 국가로 전파되었으며, 각 나라의 문화와 관습에 맞게 변형되어 왔으며, 오늘날에도 여전히 많은 사람들에게 의미 있는 전통으로 남아 있습니다.

24절기는 다음과 같습니다

- 입춘(立春): 봄의 시작
- 우수(雨水): 눈이 녹고 비가 내리기 시작
- 경칩(驚蟄): 겨울잠에서 깨어나는 동물들
- 춘분(春分): 낮과 밤의 길이가 같아지는 시점
- 청명(淸明): 날씨가 맑고 깨끗해지는 시기
- 곡우(穀雨): 곡식이 자라기 시작하는 비가 내리는 시기
- 입하(立夏): 여름의 시작
- 소만(小滿): 곡식이 여물기 시작하는 시기
- 망종(芒種): 보리와 밀의 수확 시기
- 하지(夏至): 낮이 가장 긴 날
- 소서(小暑): 더위가 시작되는 시기
- 대서(大暑): 가장 더운 시기
- 입추(立秋): 가을의 시작
- 처서(處暑): 더위가 가시는 시기
- 백로(白露): 이슬이 맺히기 시작하는 시기
- 추분(秋分): 낮과 밤의 길이가 같아지는 시점
- 한로(寒露): 찬 이슬이 내리는 시기
- 상강(霜降): 서리가 내리기 시작하는 시기
- 입동(立冬): 겨울의 시작
- 소설(小雪): 첫눈이 내리기 시작하는 시기

- 대설(大雪): 눈이 많이 내리는 시기
- 동지(冬至): 낮이 가장 짧은 날
- 소한(小寒): 추위가 시작되는 시기
- 대한(大寒): 가장 추운 시기

각 절기마다 특정한 기후와 농사 활동이 관련되어 있습니다.

6. 널리 알려진 옛날 시조(時調)

(註) 학교 졸업하신 지 얼마나 되셨나요? 우리가 잊고 있었던 주옥같은 옛 시조가 너무 좋아 혼자 보기 아쉬워 몇 편 옮겨 왔습니다. 잘 관리하셔서 가끔씩 음미해 보세요.

이화에 월백(月白)하고 / 이조년

이화(梨花)에 월백(月白)하고 은한(銀漢)은 삼경(三更)인제
일지춘심(一枝春心)을 자규(子規)야 알랴마는
다정(多情)도 병인 양하여 잠 못 들어 하노라.

까마귀 싸우는 골에/정몽주의 어머니

까마귀 싸우는 골에 백로(白鷺)야 가지 마라.

성낸 까마귀 흰빛을 새오나니
창파(滄波)에 좋이 씻은 몸을 더럽힐까 하노라.

백설이 잦아진 골에/이 색

백설(白雪)이 잦아진 골에 구름이 머흐레라.
반가운 매화(梅花)는 어느 곳에 피었는고
석양(夕陽)에 홀로 서 있어 갈 곳 몰라 하노라.

하여가(何如歌)/이방원

이런들 어떠하며 저런들 어떠하리.
만수산(萬壽山) 드렁칡이 얽어진들 어떠하리.
우리도 이같이 얽어서 백년까지 누리리라.

단심가/정몽주

이 몸이 죽고 죽어 일백 번 고쳐 죽어
백골(白骨)이 진토(塵土)되어 넋이라도 있고 없고
임 향한 일편 단심이야 가실 줄이 있으랴.

※ 이방원의 하여가에 화답한 시조임.

오백년 도읍지를/길 재

오백 년 도읍지를 필마(匹馬)로 돌아드니
산천은 의구하되 인걸(人傑)은 간데 없네.
어즈버, 태평연월(太平烟月)이 꿈이런가 하노라.

선인교 나린 물이/정도전

선인교(仙人橋) 나린 물이 자하동(紫霞洞)에 흐르느니
반 천년 왕업이 물소리뿐이로다.
아이야, 고국흥망(古國 興亡)을 물어 무엇하리요.

가마귀 검다하고/이 직

가마귀 검다하고 백로야 웃지 마라
겉이 검은들 속조차 검을 소냐
아마도 겉 희고 속 검을 손 너뿐인가 하노라.

청산이 적요한데/최덕지

청산이 적료(寂寥)한데 미록(麋鹿)이 벗이로다
약초에 맛들이니 세미(世味)를 잊을로다.

벽파(碧波)에 낚시 대 메고 나니 어홍(漁興)겨워 하노라.

삭풍은 나무 끝에 불고/김종서

삭풍(朔風)은 나무 끝에 불고 명월은 눈 속에 찬데
만리변성(萬里邊城)에 일장검(一長劍) 짚고 서서
긴 파람 큰 한 소리에 거칠 것이 없세라.

수양산 바라보며/성삼문

수양산(首陽山) 바라보며 이제(夷齊)를 한 하노라.
주려 죽을 진들 채미(採薇)도 하는 것가.
비록애 푸새엣 것인들 긔 뉘 땅에 났더니.

이 몸이 죽어 가서/성삼문

이 몸이 죽어 가서 무엇이 될꼬 하니
봉래산(蓬萊山) 제일봉에 낙락장송(落落長松) 되어 있어
백설이 만건곤(滿乾坤)할 제 독야청청(獨也靑靑) 하리라

간밤에 불던 바람/유응부

간밤에 불던 바람 눈서리 치단 말가
落落長松이 다 기울어 가노매라.
하물며 못다 핀 꽃이야 일러 무삼하리요.

추강에 밤이 드니/월산대군

추강(秋江)에 밤이 드니 물결이 차노매라.
낚시 드리우니 고기 아니 무노매라.
무심(無心)한 달빛만 싣고 빈 배 저어 오노라.

있으렴, 부디 갈따/성 종

있으렴, 부디 갈따, 아니 가든 못할소냐.
무단히 싫더냐, 남의 말을 들었느냐.
그래도 하 애닯고나, 가는 뜻을 일러라.

꽃이 진다 하고/송 순

꽃이 진다 하고 새들아 슬퍼 마라
바람에 흩날리니 꽃의 탓 아니로다.
가노라 희짓는 봄을 새워 무삼하리오.

이런들 어떠하며/이 황

이런들 어떠하며 저런들 어떠하료.
초야우생(草野愚生)이 이렇다 어떠하료.
하물며 천석고황(泉石膏肓)을 고쳐 무엇하료.

청산은 어찌하여/이 황

청산(靑山)은 어찌하여 만고에 푸르르며
유수(流水)는 어찌하여 주야(晝夜)에 긋지 아니는고.
우리도 그치지 말아 만고상청(萬古常靑)하리라.

청산리 벽계수야/황진이

청산리(靑山裏) 벽계수(碧溪水)야, 수이 감을 자랑마라.
일도(一到) 창해(滄海)하면 다시 오기 어려워라.
명월(明月)이 만공산(滿空山)하니 쉬어간들 어떠리.

말 없는 청산이요/성 혼

말 없는 청산(靑山)이요 태(態) 없는 유수(流水)로다.
값 없는 청풍(淸風)이요 임자 없는 명월(明月)이라.

이 중에 병(病) 없는 몸이 분별(分別) 없이 늙으리라.

일곡은 어드매오/이 이

일곡(一曲)은 어드매오, 관암(冠巖)에 해 비친다.
평무(平蕪)에 내 걷으니 원근(遠近)이 그림이로다.
송간(松間)에 녹준(綠樽)을 놓고 벗 오는 양 보노라.

어버이 살아신 제/정 철

어버이 살아신 제 섬길 일란 다하여라.
지나간 후면 애닯다 어찌하리.
평생에 고쳐 못할 일이 이뿐인가 하노라.

한산섬 달 밝은 밤에/이순신

한산(閑山)섬 달 밝은 밤에 수루(戍樓)에 혼자 앉아
큰 칼 옆에 차고 깊은 시름하는 적에
어디서 일성호가(一聲胡笳)는 남의 애를 끊나니.

가노라 삼각산아/김상헌

가노라 삼각산(三角山)아 다시 보자 한강수(漢江水)야.
고국(故國) 산천(山川)을 떠나고자 하랴마는
시절(時節)이 하 수상(殊常)하니 올동말동하여라.

공산이 적막한데/정충신

공산(空山)이 적막(寂寞)한데 슬피 우는 저 두견(杜鵑)아
촉국(蜀國) 흥망(興亡)이 어제오늘 아니어늘
지금히 피나게 울어 남의 애를 끊나니.

보리밥 풋나물을/윤선도

보리밥 풋나물을 알마초 먹은 후에
바위 끝 물가에 슬카지 노니노라.
그 밖의 여남은 일이야 부랄 줄이 있으랴.

내 벗이 몇이나 하니/윤선도

내 벗이 몇이나 하니 수석(水石)과 송죽(松竹)이라.
동산(東山)에 달 오르니 긔 더욱 반갑고야.
두어라, 이 다섯밖에 또 더하여 무엇하리.

동창이 밝았느냐/남구만

동창(東窓)이 밝았느냐, 노고지리 우지진다.
소치는 아이는 상긔 아니 일었느냐.
재 너머 사래 긴 밭을 언제 갈려 하느니.

대동강 달 밝은 밤에/윤 유

대동강(大洞江) 달 밝은 밤에 벽한사(碧漢槎) 띄워두고
연광정(練光亭) 취한 술이 부벽루(浮碧樓)에 다 깨거다.
아마도 관서 가려(關西 佳麗)는 예뿐인가 하노라.

밤하늘의 캔버스

밤하늘은 별바다. 별들은 쎄빌랐다.

어릴 적 방아 찧던 토끼는 어디 가고 별들만 천지삐까리로 있구나.
별나라 사람들은 우리를 어떻게 볼까? 지구에서 달나라까지 거리가
38만 4천 킬로미터, 현재 로켓 기술 사용하면 3일 걸린단다. 그러면 지
구에서 화성까지 거리가 약 2억 2천만 킬로미터, 우주탐사 기술로 약
9개월 걸리고 빛으로 도달하는 시간이 약 8분 16초 걸린단다. 왜 인

간들은 하나님의 영역에까지 손을 뻗칠까?

바람살 부는 저녁 하늘을 본다. 밤하늘은 깊고 푸르며, 이름 모를 별들은 반짝이는 바다처럼 펼쳐져 있고 그 속에서 우리는 무한한 우주를 느끼고, 작은 존재로서의 삶을 되새긴다. 별빛은 차가운 밤공기를 따뜻하게 감싸주고, 그 아래에서 우리는 꿈을 꾼다.

불어오는 그 바람은 마치 오래된 악기처럼 우리의 마음속 깊은 곳에서 울려 퍼지고 얼굴을 스친다. 기분좋은 찬바람이 지날 때마다 나뭇잎은 속삭이고 먼 곳의 별들은 더욱 밝게 빛난다. 밤하늘의 별들은 조화롭게 어우러지고 각자의 이야기를 품고 있다. 어떤 별은 사랑을 어떤 별은 이별을 또 어떤 별은 희망을 전한다. 우리는 그 이야기를 듣고 별바다 속에서 서로의 존재를 느끼고 그리움을 나눈다.

높새바람은 우리의 마음을 열어 준다.

그 바람을 따라 떠나는 여행은 과거의 기억과 미래의 꿈을 연결해 주며 별빛 아래에서 우리는 서로의 손을 잡고 함께 이 밤을 만끽한다.

이렇게 밤하늘의 별바다는 추수 때가 이맘때이고 북두칠성이 내 머리 위에서 내려보고 있다. 작은곰자리와 큰곰자리는 우리나라에서 일년내내 북쪽하늘에서 볼 수 있는 별자리이다. 큰곰자리 북두칠성은 일곱 개의 별은 국자(우리나라 국 떠먹는 국자)의 머리부터 차례로 천추(天樞), 천선(天璇), 천기(天璣), 천권(天權), 옥형(玉衡), 개양(開陽), 요광(搖光)으로 불렀으며, 인간의 수명을 관장하는 별자리로 여겨지고 있다.

내 마음은 내 마음일 뿐

너만 그래
나도 그래

말을 안 할 뿐이야

너도 변하고
나도 변하고

세상이 변했다
봄은 왔는데
아니 왔다는데

내 마음의 봄은 언제 올려나

스타(STAR)

별은 하늘에도 있고 땅에도 있습니다.

요즈음 방송사마다 스타탄생 제조국 같습니다. 덕분에 세계적으로 우리 한류 문화가 급성장하였고 국가적으로 여러 방면에 크게 위상을 높여 주는 것은 좋은 현상이고 국민으로서 커다란 자부심을 가집니다. 트로트 열풍이 번지고 있는 그 틈새를 놓칠세라 노래 좀 한다고 방송국에서 트로피 좀 받았다고 나이도 얼마 안 되는 미성년자를 밤 무대에 올려놓고 그 나이에 도저히 할 수 없는 훈련된 멘트를 날릴 땐 노래도 잘하고 이야기도 깜찍이 잘한다고 박수 치고 하시는 분들도 많이 계시겠지만 저는 슬픈 생각이 드는 것은 왜일까요?

많고 많은 스타들이 언젠가는 무대에서 내려온 후의 상실감을 그 어린이는 과연 몇 살까지 무대 조명만 받고 있을까요. 언젠가는 내려올 텐데 그 현상을 감내할 수 있을까요? 그 부모가 원망스럽습니다. 요즈음 여기저기 축제 장소를 기웃거리고 다닐 건데 더욱 깜짝 놀란 것은 외국 가는 크루즈선 무대에까지 세우는데, 애야, 학교는 어떻게 하고 여기까지 왔니?

확률(確率)의 확률(確率)

확률(確率)은 어떤 사건이 발생할 가능성을 수치적으로 나타내는 개념인데 사건이 발생할 수 있는 모든 가능한 경우의 수를 계산하면 유리한 경우의 수를 가능한 경우의 수로 나누어 계산합니다. 음주운전 경우 과연 적발될 확률이 얼마 된다고 생각하십니까? 제가 생각할 때는 0.001%도 안 된다고 생각합니다. 음주운전하면 100% 적발된다고 하면 누가 하겠습니까? 국가적으로 손실은 말할 것도 없고 한 가정마저 파괴될 수 있는 피해자의 억울함은 어떻게 합니까?

음주하는 사람들은 몇 시에 어느 지점에서 검문한다는 정보는 어떻게 아시는지? 그들은 그 상황을 어떤 정보에 의해 피해 다니는지 무용담을 들어보면 한심하기까지 합니다. 적발되는 것이 운이 없어서 그렇다고 생각합니다. 특히 시골은 지역도 광범위하고 인력이 부족하다 보니 연로하신 분들도 죄의식 없이 예사로 한잔하고 운전하시는데 음주운전 한 번으로 족합니다. 삼진 아웃 제도가 말이 됩니까?

마약 문제도 그렇습니다. 우리나라는 마약 청정국이라고 했는데 어느덧 사회적인 문제가 심각한 지경에 와 있습니다. 음주운전 마약들은 하루속히 근절되어야 할 사회악입니다.

여러분 어떻게 생각하세요?

길이 있습니다

산에도 있고 들에도 공중에도 있습니다.

 같은 길이라도 이렇게 많은 길이 있습니다. 굴길, 꼬부랑길, 꽃길, 내림길, 논길, 눈길, 눈석이길, 덤불길, 돌너들길, 돌서들길, 둑길, 무멧길, 두듬길, 등굽이길, 뒤안길, 뒷길, 거닐길, 풋서리길, 사잇길, 잿길, 하룻길, 나뭇길, 두렁길, 두멧길, 비단길, 바른길, 밤길, 방천길, 뱃길, 별길, 벼룻길, 분길, 비탈길, 빗길, 산길, 아랫길, 앞길, 언덕길, 옆길, 오름길, 외길, 외딴길, 외통길, 윗길, 자갈길, 잿길, 진탕길, 철길, 촌길, 큰길, 돌담길, 가시밭길, 갓길, 곁길, 흙탕길, 지름길, 에움길, 갈림길, 샛길, 골목길, 오솔길, 고샅길, 바람길, 하늘길, 물길, 넓은길, 좁은길, 낮은길, 높은길, 곧은길. 굽은길, 험한길, 편한길, 마주치는길, 처음가는길, 황톳길.

 이 많고 많은 길을 우리는 어제도 오늘도 걷고 있습니다. 그런데 떠나가면 영원히 돌아올 수 없는 황천길 이 길은 모두가 처음 가는 길이라 두렵게 생각합니다.

누군가 나를?

갑자기 전화를 받고 생각해 보았습니다.

나 말고, 우리 말고, 누군가가 나를 주시하고 있다는 것을 알고 정말 조심해야 하겠다. 글을 보면 그 사람을 알게 된다. 한동안 집필을 멈추고 있다가 코로나19로 인하여 외출을 자제하다 보니 자연 핸드폰을 만지작거리다 글을 쓰게 되었습니다. 많은 분들이 격려와 칭찬을 보내 주셔서 감사드립니다. 아~ 그래 바로 이때다. 많은 분이 박수 칠 때 지금이 그만둘 때라고 생각했습니다.

그래서

앞으로 개인적인 카카오톡은 자제하기로 하고 SNS나 BLOG 활동은 더욱 열심히 해야 하겠다. 어제 방문자 수를 체크해 보니 정말 많은 분이 와 주셨다. 어떤 분은 모아서 책으로 발간하라 유튜브 개설하라 등등 말씀이 있었지만 그냥 그렇게 알겠습니다. 제 푼수를 알아야….

변명 같지만 카카오톡이나 블로그에서 보내 드린 내용 중 일부가 정치와 관계된 거라 성향이 맞지 않는 분들은 마음 상하셨겠지만, 저는 그분들을 개인적으로 비방이나 비난을 할 목적이 아니고 비평 내지는 시사만평 정도로 가볍게 보아 주셨으면 합니다.

정치인은 개인과 달리 공인이라 마땅히 평가를 받아야 합니다.

좋은 일은 칭찬하고 잘못한 일은 누군가가 나서서 지적해 줘야 합니다. 정치인을 도마에 올려놓고 요리하다 보니 본의 아니게 그 사람을 비난과 비판을 하게 된 것처럼 여겨졌습니다.

어젯밤 잠이 깨서 한참 생각했습니다. 제 마음속 창고에 재미 있고 즐거운 이야기가 산처럼 쌓여 있는데 그냥 그만두기는 아쉬워 여쭈어 봅니다. 인생 이야기, 여행, 골프, 등산, 독서, 가정 이야기, 중국 이야기, 4차 산업 관계 등등 미래산업이 어떻게 나아갈지 제목만 생각해도 제가 흥분됩니다.

앞으로 저의 글을 계속 받고 싶은 분께서는 팔로우 해 주세요. 단체 톡 사양합니다. 조건도 있습니다. 산에 가서 '야호' 할 때 메아리가 없으면 싱겁듯이, 카카오톡의 내용에 반응 부탁합니다. 받았는지, 읽고 계시는지, 묵묵부답인 사람들도 사양합니다. 가끔씩이라도 평(評)을 주시는 분께만 드리겠습니다.

배워야 알고 느껴야 깨닫습니다.

욕심도 단계가 있습니다. 우리가 잊고 사는 건 언제나 함께 있어서 가을바람이 하늘에서 울면 외나무다리를 걷는 기분 왜 이럴까? 목욕

이나 다녀올까. 비 그친 오후의 사찰 경내를 걷고 있노라면 시상이 아
지랑이같이 피어 오른다.

프롤로그(Prologue)와 끝맺음

프롤로그와 끝맺음은 이야기의 구조에서 중요한 역할을 합니다.

프롤로그는 이야기의 시작 부분으로, 독자에게 배경 정보를 제공하
거나 주요 테마, 등장인물, 사건의 기초를 소개하는 역할을 하며 이야
기의 흐름을 이해하는 데 도움을 주며, 독자의 호기심을 자극하여 본
편으로 이어지도록 유도합니다.

끝맺음은 이야기의 결말 부분으로, 주요 갈등이 해결되고, 등장인물
의 운명이 결정되며, 독자에게 남기는 메시지나 주제를 강조하는 역할을
하며 독자가 이야기의 전체적인 의미를 되새기고, 감정적으로 연결될 수
있는 기회를 제공합니다. 이 두 요소는 이야기의 흐름을 매끄럽게 하고,
독자가 몰입할 수 있도록 돕는 중요한 구성 요소라고 할 수 있습니다.

출발이 있으면 끝도 있습니다

출발과 끝의 관계는 이야기의 구조에서 매우 중요한 요소입니다.

자동차가 도착 지점에 가까워질수록 속도를 줄이는 것처럼 이야기도 클라이맥스에 이르렀을 때 독자에게 여운을 남기기 위해 마무리를 신중하게 다루어야 합니다. 책에서 다룬 주요 주제를 다시 언급하여 독자가 그 의미를 되새길 수 있도록 하고 이야기 속 인물에 대한 감정을 독자와 공유하며, 이야기의 결말이 긍정적일 경우, 독자에게 희망적인 메시지를 전달하는 것은 매우 중요합니다.

'이제 새로운 시작이 기다리고 있다'는 식의 메시지는 독자에게 앞으로 나아갈 힘을 줄 수 있습니다. 또한, 독자가 스스로 생각해 볼 수 있는 질문을 던지는 것은 그들이 책의 내용을 더 깊이 있게 반추하도록 유도합니다. 책의 끝맺는 말은 독자에게 강력한 이미지를 남기는 중요한 부분이므로, 작가의 의도와 스타일에 따라 다양하게 표현될 수 있습니다. 이는 독자가 책을 읽고 난 후에도 그 여운을 느낄 수 있도록 합니다. 이러한 요소들이 결합되어 독자는 단순히 이야기를 읽는 것을 넘어, 그 속에서 자신의 삶과 연결 지을 수 있는 기회를 갖게 됩니다.

경북선(2)

다시 찾은 역사는 6개월 전의 모습과 변한 게 없다. 그때는 겨울이 었지만 지금은 유월이라 조금은 덥다. 일기예보가 오후부터는 비가 온 단다. 내가 쓴 책 내용 중 경북선(1)을 보고 친구 모임에서 한번 가기 로 하고 오늘 출발한다. 대합실에 모인 9명의 친구들은 옛날이야기를 하며 학창 시절 경북선을 이용하여 통학하던 친구는 60여 년 전 추억 이 생각나 흥분할 것 같단다.

옛날 같으면 매표소에 줄을 서서 기다리지만 요즘은 핸드폰으로 예 약하기 때문에 창구는 한산하고 손님이 없다. 때문에 매표원도 손에 잡은 핸드폰에 정신이 팔려있고 벽에는 커다란 열차 시간표가 전광판 에 흐르고 있다. 경북선의 시발역이라 창구는 한산하다. 역 대합실엔 핸드폰 와이파이가 되지 않아 직원에게 "용궁역으로 부탁합니다"라고 하니 요금이 4,200원이다. 택시 기본 요금이 5분 타는데도 4,000원인 데, 한 시간 정도 거리를 커피 한 잔 값도 안 되는 요금으로 여행을 할 수 있다니 여행의 득템인가?

요즘 시외버스를 타면 버스 기사에게 미안한 생각이 든다. 어떨 때 는 기사와 둘이 갈 때도 있다. 요즘은 개인 승용차나 KTX를 이용하기 때문에 그렇다. 전에는 통근열차, 비둘기호, 통일호라는 열차가 있었 지만 전부 무궁화 열차로 바뀌었다.

경북선 철로는 1931년 10월 김천에서 점촌 예천을 거쳐 안동 구간까지 개통되었는데, 1944년 당시 일본 군수물자 확보를 위하여 점촌 안동 구간의 궤도를 철거했다가 해방 이후 경제 개발기에 다시 복구된 노선이다.

10시 51분에 출발하는 영주행 승객께서는 3번 승강장으로 가라는 안내 방송이 나온다. 플랫폼에는 우리를 태우고 갈 기차는 기관차 포함하여 3량이 전부다. 전동차가 아니라 디젤 기관차다. 승객도 많이 없고 화물의 물동량도 적어 아직까지 단선이다. 이마저도 내륙 고속열차가 들어오면 폐선이 될 것 같다.

기차가 무겁게 출발한다.

진동은 발바닥에서부터 느낀다. 쿵, 철컥, 철철척, 철거덕, 출발한다. 속도가 붙으며 소리도 숨겹게 달려간다. 창밖의 논밭이 농사를 지을 사람이 없어 산으로 변했다. 우리를 태운 기차는 그 산속 초록의 터널을 통과한다. 모내기를 끝낸 논에는 물이 그득하게 담겨있다. 길바닥에 사람은 보이지 않고 가끔씩 유모차를 끌고 다니시는 할머니가 마을 경로당 다녀오시는지 힘겨워 보인다. 중간중간 철도 건널목을 지날 땐 차단기가 내려오며 땡땡땡땡 요란하게 울린다. 갑자기 가슴이 쿵쾅거린다. 가만히 눈을 감았다. 마음이 고요하고 평안하다.

발밑에서 전해 오는 찰거닥, 철거닥 소리는 엄마 품에 안겨 조용히 잠자는 아기의 등을 토닥거려 주는 것 같고, 빨리 달릴 때의 진동은 마치 오케스트라 연주 소리 같다. 하늘이 뿌옇더니 금세 비가 내린다. 승객이 몇 명 없어 편한 자리에 앉았더니 검표원이 내 자리 맞느냐고 물어본다. 검표원은 승객 모두에게 요구하는 게 아니라 단말기에 몇 호에 있는 승객이 어디까지 간다는 내용이 나오기 때문에 지정석에 앉아 있지 않으면 체크를 한다고 한다.

아련한 지난 기억들이 머리에서 가슴으로 흘러내린다. 레일이 복선이 아니고 단선이기 때문에 상주역에서 앞서 오던 기차가 선로를 대피해 기다리고 있다. 열차는 1시간 정도 달려서 점촌을 지난다. 점촌은 우리 고모님이 계시던 곳이다. 고모부님은 6·25 사변 직후 전쟁고아 13명을 모아 사재를 털어 하늘과 땅, 삶의 삼합으로 믿음(信) 소망(望) 그리고 사랑(愛)을 이야기하는 신망애육원(信望愛育院)을 설립하여 30여 년간 오갈 데 없는 고아 344명을 어엿한 사회인으로 배출시키기까지 영순 강둑의 자갈밭 1만4천 평을 개간하여 과실수 500주를 심어 삶의 터전을 마련했다. 아버지는 고생하시는 고모님을 보시고 늘 안타깝게 생각하셨다.

고모부 내외께서는 장비도 없던 시절 개간을 위하여 손톱에 피가 날 정도로 고생하셨다. 너희들만이 내 자식이 아니라고 8남매 전부를 고아들과 함께 지내게 하였으며 당시 세 쌍둥이가 있어서 화제가 되기도 하였고 자식들 5형제 전부 ROTC 출신이고 지금은 '황무지를 장미꽃같이' 만들어 놓으셨고 돌아가시기 전 '국민훈장 석류장'도 수상하셨다. 지금은 자녀들이 그 유업(遺業)을 이어가고 있으며 가훈(家訓)이자 원훈(院訓)은 '오늘은 틀림 없이 좋은 날이다'란 원훈석(院訓石)이 정문에 자리 잡고 있다.

용궁역에 멈췄다.

군대 생활할 때 경북 북부 지방으로 출장을 많이 다녔기 때문에 추억 있는 동네다. 시골이다 보니 변한 게 없다. 맛집으로 소문난 '박달식당'의 순대를 먹으러 들렀다. 맛집이라고 소문나서 그런지 손님으로 발 디딜 자리가 없다. 나그네 같은 인생의 하숙생으로 살다가 '욕망이라는 이름의 전차'를 타고 다녀왔다.

돌아오는 차 속에서 또 다른 친구의 비보를 듣는다.

> 우리는 목적지에 닿아야 행복해지는 것이 아니라 여행하는 과정에서 행복을 느낀다.
>
> — 앤드류 매튜스 —

제목에 내용이 전부 들어가야

여러분이 여기까지 오셨다면 목표는 바로 눈앞에 있습니다.

먼 길 오시느라 수고 많으셨습니다. 전에는 내용이 제목을 따라가거나 제목이 내용을 따라간다고 하셨잖아요. 네, 맞습니다. 처음에 그렇게 출발하셨지만 이제는 스스로 제가 말씀드린 뜻을 아시겠지요.

이제는 출판 준비를 하셔야 합니다.

그래도 신국판 250p 정도의 출판이 되려면 아무래도 A4로 95p 정도 필요할 것 같습니다. A4 한 장의 분량을 보면 대략 원고지 8~10매가 나옵니다. 글자 수로는 대강 1,700~1,800자 사이가 될 것입니다. 지금부터는 교정을 보셔야 하는데 그냥 PC에서 보지 마시고 텍스트 내용을 프린트해 보시든지 요즈음 텍스트를 음성으로 들려주는 TTS 프로그램이 있습니다. Balabolka가 편리합니다. (자세한 내용은 유튜브 〈아방스 스튜디오〉 참고) 보면서 들으면서 수정과 교정하세요.

쉬운 방법은 구글 크롬의 ttsmp3에서 한국어 선택 번역하세요. 한 번에 한글 3,000자까지 번역 가능합니다. 책 쓰는 것만 말씀드리려고 했는데 그것만 하면 지루하고 딱딱할 것 같아 여러 가지 영역을 넘나들며 에세이, 에피소드, 사자성어, 지방 사투리, 詩 그리고 각종 생활에 필요한 자료들을 올려 드렸는데, 어쩌면 독자들께 정보를 전달한 역할을 한 것 같아 자신감을 느낍니다.

글에 여백을 두세요. 간격과 띄어쓰기, 줄 바꿈도 적당하게 맞아야 시각적으로도 편안하게 해 줍니다. 다시 강조하지만 목차가 순서대로 잘 정리되어야 하고, 제목을 다시 생각해 체크하세요. 표지에 들어가는 글의 크기, 바탕글을 어떤 것으로 할 건지 디자인 색깔은 되도록 여러 색깔 사용하지 마세요.

이제, 마무리하셔야지요

자주 헷갈리는 맞춤법 올려드리니 확인해서 정리하세요.

금새 → 금세
서슴치 → 서슴지
몇일 → 며칠
요컨데 → 요컨대
역활 → 역할
오랫만에 → 오랜만에
단언컨데 → 단언컨대
어떻해 → 어떡해

깨끗히 → 깨끗이

곰곰히 → 곰곰이

어따대고 → 얻다대고

건들이면 → 건드리면

가벼히 → 가벼이

웬지 → 왠지

일일히 → 일일이

궂이 - 굳이

일부로 → 일부러

설것이 → 설거지

한 웅큼 → 한 움큼

바램→ 바람

애기 → 아기

돌맹이 → 돌멩이

댓가 → 대가

설레임 → 설렘

되물림 - 대물림

빈털털이 → 빈털터리

구렛나루 → 구레나룻

짜집기 → 짜깁기

뒤치닥거리→ 뒤치다꺼리

야단법썩 → 야단법석

땡기다 → 당기다

낼름 → 날름

들렀다 → 들렀다

폭팔 → 폭발

통치로 → 통째로

내 꺼 → 내 거

사겼다 → 사귀었다

눈쌀 → 눈살

안되 → 안 돼

애띠다 → 앳되다

눈에 띠다 → 눈에 띄다

바꼈어 → 바뀌었어

답을 맞추다 → 답을 맞히다

낭떨어지 → 낭떠러지

삼춘 → 삼촌

찌뿌리다 → 찌푸리다

암닭 → 암탉

움크리다 → 웅크리다

날갯쭉지 → 날갯죽지

걷어부치다 → 걷어붙이다

김치찌게 → 김치찌개

돋구다 → 돋우다

하던 말던 → 하든 말든

촉촉히 → 촉촉이

더 났다 → 더 낫다

가십시요 → 가십시오

들어나다 → 드러나다

납짝하다 → 납작하다

뵈요 → 봬요

돼다 → 되다

희안하다 → 희한하다

헬쑥하다 → 핼쑥하다

움추리다 → 움츠리다

닥달하다 → 닦달하다

잠궜다 → 잠갔다

할께요 → 할게요

어의없다 → 어이없다

안 되 → 안 돼

삼가하다 → 삼가다

난장이 → 난쟁이

줏어 → 주워

개구장이 → 개구쟁이

귀뜸 → 귀띔

실증 → 싫증

홧병 → 화병

넓직한 → 널찍한

내노라하는 → 내로라하는

여지껏 → 여태껏

면이 불다 → 면이 붇다

유도실문 → 유도신문

뇌졸증 → 뇌졸중

되려 → 되레

째째하다 → 쩨쩨하다

흐리멍텅 → 흐리멍덩

우겨넣다 → 욱여넣다

뒷태 → 뒤태

꺼림직하다 → 꺼림칙하다

뒷풀이 → 뒤풀이

검정색 → 검은색

임마 → 인마

어짜피 → 어차피

요세 → 요새

에개 → 애개

느즈막하다 → 느지막하다

값을 치루다 → 값을 치르다

제작년 → 재작년

우리 말이 쉬운 것 같지만 막상 글을 쓰자니 맞춤법이 이렇게 어려운 줄 몰랐습니다.

계절 잊은 시간표

가을이 골목을 돌아가지도 않았는데 벌써 어둠살이 끼는구나. 자작나무 숲속의 나무들은 겨울로 가자고 재촉한다. 유심하면 보이지 않던 것들도 무심하면 보이는 것을. 그물에 걸리지 않는 바람처럼 이렇게 한 해를 마무리하자는구나.

부박한 종이에 박힌 알 수 없는 숫자 앞에서 쉽게 찢어지거나 사라질 텅 빈 마음, 우리는 그렇게 허허롭게 살다 간다. 살아 있는 건 쉬지 않는다는 극히 진리의 말을 남기고 간다.

간다라는 말은 다시 온다는 부메랑처럼 돌아올 수도 있지만 영원히 계절 잊은 시간표처럼 방황하다 좌표를 잃고 사라져 기억 속에서조차 가물거리며 자꾸만 멀어져 간다.

　방금 42,195km 마라톤을 마치고 결승점에 드러누운 선수 같은 심정입니다.

　아리랑 고개가 높긴 높았나 봅니다. 높은 산도 8부 능선이 힘든 것같이 목표 2/3를 채우고 나서부터는 온몸의 힘도 빠지고 갑자기 자신이 없어졌습니다. 무식하면 용감하다고 할까요. 솔직히 『아빠의 아버지』는 멋모르고 썼지만 저번보다 잘 써야지 하는 강박관념 때문에 더욱 힘이 들었습니다. 무엇보다 책을 쓰며 또 다른 나를 발견하고 미지의 세계로 나아가는 멋진 행렬에 동참하고 있다는 것을 알게 되었습니다.

　책은 아무나 쓸 수 없습니다.
　그러나 지금도 누군가는 쓰고 있습니다. 운동선수는 결승점에서 마냥 드러누워 있을 수는 없습니다. 다음 경기를 위하여 다시 일어나야 합니다. 처음 구상하고 있던 한국 근대사의 역사 소설을 이어 가기 위해서는 다시 운동화 끈을 조여매고 달려야 합니다.

그러기 위해서는 출발점인 만주(지금의 동북삼성 흑룡강성 길림성 요령성)행 비행기를 타야 합니다. 마음은 벌써 만주행 비행기를 탔습니다. 30년 전 북경을 거쳐 갔지만 지금은 인천공항에서 2시간 20분 정도면 갑니다. 상해를 거쳐 돌아오려면 상당한 시간의 여정이 되겠지요. 골프도 알면 알수록 어려워지듯이 이번 작업은 이 지점에 걸려 꼼짝할 수가 없었습니다. 그럴 때 옆에서 지켜보던 아내가 나에게 옛 시조를 카카오톡으로 보내 왔습니다.

태산(太山)이 높다 하되 하늘 아래 뫼이로다.

오르고 또 오르면 못 오를 리 없건마는

사람이 제 아니 오르고 뫼만 높다 하더라.

- 양사언(楊士彦, 1517~1584) -

힘과 용기와 격려를 보내 주신 여러분 덕분에 무사히 여기까지 오게 된 걸 감사드립니다. 이 글을 읽으시고 많은 분들께서 즐겁고 행복하고 아깝지 않은 시간이었단 소릴 듣고 싶습니다. 언제나 그렇지만 한 가지 일을 끝냈다는 해방감보다는 책임감을 더 느낍니다.

이번 작품은 제가 느끼고 어려웠던 경험을 함께 고민하고 보이지 않는 완성이라는 플랫폼에 도착하기 위하여 심혈을 기울인 작업이었습니다. 때로는 포기하고 달리기를 멈추고 싶을 때 글쓰기를 원하시는 분들과 함께 있어 주는 것만으로도 힘이 될 것 같아 여기까지 오게 되었습니다. 처음 책을 쓰시는 분들을 위한 예시와 사료들을 기술하고 옮겨 오다 보니 내용과 순서에 다소 미진한 부분이 있었음을 말씀드립니다.

비 오는 날 우산이 없을 때 타인을 도와준 사람은 나중에 똑같은 도움을 받을 수 있습니다. 처음 했던 말을 잊지 않고 여러분의 여정에 길잡이가 되어 꼭 출판의 기쁨을 만끽할 때까지 함께한다는 '약속을 약속하는' 제목이 되도록 제목을 정했습니다.

책을 쓰시다가 궁금한 점이나 출판에 관해 문의 주시면 저의 경험을 바탕으로 언제나 답변드리겠습니다. 지금 이 글은 제 손을 떠나 원고라고 불려 출판사로 떠나면 한 달 정도 후면 책이라는 이름으로 탄생할 것입니다. 또 한 번의 흔적을 남기는 뿌듯한 마음으로 샤워나 하고 뒷산에으로 산책이나 다녀올까 합니다.

이제 정리하고 마칩니다.

끝까지 읽어 주셔서 머리 숙여 진심으로 감사드립니다.

nongmin@korea.com

-浩然/ 安東允 -